밤이 오면 우리는

밤이
오면
우리는

정보라 소설

PIN
장르
001

H

차 례

핵융합이 일어나는 조건은 온도, 밀도, 가둠 시간, 이 세 가지라고 로슨Lawson이라는 영국 학자가 밝혀냈다. 온도를 충분히 높이면 입자의 운동 속도가 빨라져 핵융합이 일어난다. 기준부피 안의 입자 밀도가 높아져도 원자핵 충돌 가능성이 커지므로 핵융합이 일어난다. 마지막으로, 온도와 밀도에 변화가 없어도 원자핵이 갇혀 있는 시간이 충분할 만큼 길면 서로 충돌할 수 있다.

이런 내용을 읽으며 나는 수소 원자가 사람과 비슷하다고 생각했다. 온도가 올라가면 충돌한다. 밀도가 높아져도 충돌한다. 같은 장소에 오래 갇혀 있으면 반드시 충돌한다.

어쩌면 인간은 점점 달아오르는 이 행성에 너무 많이, 너무 오래 갇혀 있었던 것인지도 모른다.

밤이 오면 우리는 생존자를 찾으러 나간다. 사람들은 로봇을 피해 숨어 지낸다. 생존자를 만나기 위해서는 전력 공급이 끊기고 전산망이 없는 곳부터 찾아야 한다. 요즘 같은 시대에 그런 곳은 매우 찾기 힘들다. 버려진 장소 중에서도 생존자들은 주로 추운 곳에서 살았다. 로봇이 인간의 체온을 추적하기 때문이다. 방치된 지하실이나 창고, 인적 없는 숲이나 산속 동굴 같은 곳이다. 수영장에서 사는 가족을 만난 적도 있다. 그러니까 물속에서 사는 건 아니고 한때 지역 문화센터였던 건물 수영장 옆 로커 룸에서 살다가 낌새가 조금이라도 이상한 것 같으면 가족 모두 수영장으로 달려가 물속에 숨었다. 기계는 대부분 물을 싫어하고, 불투명하고 지저분한 찬물 속에서는 사람이 기척을 숨기기 쉽다고 했다. 수영장 관리를 한 지 오래돼서 물이 더럽고 숨을 오래 참기 힘들다는 점만 빼면 그것도 그런대로 괜찮은 발상이었다. 그러나 물이 더러웠기 때문에 가족 중 가장 어린아이가 두드러기로 자주 고생했다. 다시 찾아갔을 때 가족은 사라지고 없었다. 숨은 곳을 들켜서 잡혀갔는지 아니면 아이의 건강을 위해서 다른 곳으로 이사 갔는지는 알 수 없었다. 부디 이사를 간 것이기를 나는 바랐다.

그 가족이 사라진 수영장에 빌리가 있었다. 빌리는 인간형 로봇이다. 마리카가 물속에서 발견했다. 몸집은 나와 비슷하고 스무 살 전후의 젊은 인간처럼 보였다. 빌리라고 부르는 이유는 처음에 발견했을 때 얇은 면바지에 'Billy'라고 크게 적힌 반팔 티셔츠를 입고 있었기 때문이다.

마리카도 나도 빌리가 정말로 인간인 줄 알았다. 그래서 우리는 서둘러 빌리를 물속에서 끌어냈다. 마리카가 심폐소생술을 했다. 나는 빌리가 이미 죽었다고 생각했다. 살아 있는 사람의 냄새가 나지 않았기 때문이다. 그러나 죽은 사람의 냄새도 나지 않았다. 빌리에게는 생물체의 냄새가 전혀 나지 않았다. 물에 젖은 옷과 머리카락에서 비린내가 났지만 그건 썩은 물 냄새였다. 빌리의 냄새가 아니었다. 그러니까 나는 처음부터 빌리가 이상하다고 생각했다.

빌리는 기침을 하며 깨어났다. 입에서 물을 뱉으며 콜록거리는 모습이 진짜 사람 같았다.

"너, 사람 아니지?"

빌리가 몸을 일으키기 전에 내가 그의 배를 타고 앉았다. 빌리의 목을 손으로 붙잡자 마리카가 말렸다.

"왜 그래, 죽다 살아난 사람한테."

"이거 사람 아냐."

내가 대답했다. 그리고 빌리에게 다시 물었다.

"여기 살던 사람들 어쨌어? 밀고했어?"

빌리는 목을 붙잡혀 캑캑거릴 뿐 말을 하지 못했다. 나는 목을 잡은 손에서 힘을 풀었다.

"뭘…… 밀고해요……."

빌리가 말했다. 갈라진 목소리도, 숨을 몰아쉬

는 모습도 정말 사람 같았다. 그러나 빌리의 날숨에서도, 입안에서도 생체조직의 냄새는 맡을 수 없었다.

"죽였어?"

나는 다시 빌리의 목을 붙잡았다. 빌리가 팔다리를 버둥거렸다. 양손으로 내 팔을 탁탁 치며 손아귀에서 벗어나려 했다. 빌리의 한쪽 손이 내 얼굴을 건드렸다. 나는 그 손을 물었다.

빌리가 비명을 질렀다. 비명도 사람 같았다. 내 입안에서, 이 사이에 꽉 낀 빌리의 손에서 피가 흘렀다. 피도 사람 같았다.

나는 구역질을 하고 진저리를 치며 빌리를 놓았다. 그 바람에 뒤로 물러서려다 넘어졌다. 그대로 기어서 수영장 가장자리로 가서 더러운 물에 대고 토했다. 음식을 먹지 않은 지 오래되어 아무것도 나오지 않았다. 방금 빌리의 손에서 흐른 몇 방울의 피는 내 침과 함께 쓰레기가 둥둥 떠다니는 수영장 물 위로 떨어졌다.

차라리 그 썩은 수영장 물을 마시는 편이 더 나을 것 같았다. 인공 피는 역겨웠다. 색깔은 사람 피와 똑같았지만 냄새가 없고 산업폐기물에 음식물 쓰레기를 섞은 맛이 났다.

"저거 로봇이야."

내가 계속 구역질을 하며 마리카에게 말했다. 빌리가 일어나려 했다.

"잡아!"

내가 외치기 전에 마리카가 먼저 움직였다. 몸을 일으키려는 빌리의 배를 마리카가 힘껏 발로 찼다. 빌리는 비명을 지르며 배를 움켜잡고 뒹굴었다. 나는 힘겹게 몸을 일으켰다. 빌리에게 다가갔다.

"여기 살던 사람들 어디로 끌고 갔어?"

내가 뒹구는 빌리 위로 몸을 숙이고 물었다.

"몰라요……."

빌리가 배를 끌어안은 채 헐떡이며 속삭이듯 대답했다.

"나, 사람이에요……. 로봇 아니에요……."

내가 다시 빌리의 목을 붙잡았다. 빌리가 몸부림쳤다.

"정말이에요! 나, 사람이에요! 죽이지 마세

요!"

"사람이면, 네 이름이 뭔데?"

마리카가 선 채로 빌리를 내려다보며 물었다.

"몇 살이야? 어디서 왔어? 여태까지 어디서 살았어?"

"몰라요……."

빌리가 나에게 목을 잡힌 채 캑캑거리며 대답했다.

"기억 안 나요……."

"편리하네."

마리카가 중얼거렸다.

나는 사람이라고 주장하는 로봇의 목을 잡은 손에 힘을 주었다. 빌리는 울기 시작했다.

나는 손의 힘을 뺐다. 우는 로봇은 처음 봤다.

"얘 운다."

마리카도 옆에서 흥미진진하게 논평했다.

"죽이지 마세요……."

빌리가 웅얼거렸다. 나는 목을 그대로 잡은 채 다른 손으로 우는 로봇의 볼에 흘러내린 눈물을 손가락에 묻혀 맛을 보았다. 아무 맛도 없었다.

눈물의 냄새도 나지 않았다. 그냥 물이었다.

"난 사람이에요……."

로봇이 울면서 말했다.

나는 마리카를 쳐다보았다. 마리카도 옆에 선 채 나를 내려다보았다.

"자기가 정말로 사람이라고 믿는 것 같은데."

마리카가 말했다. 내가 고개를 끄덕였다.

"로봇들이 이 정도로 사람하고 완전히 똑같은 기계를 만들었다면, 바로 죽이지 말고 좀 두고 봐야 하지 않을까?"

내가 물었다.

"추적당하면 어떡하지?"

마리카가 걱정했다.

그래서 우리는 자신이 사람이라고 주장하며 우는 로봇과 함께 버려진 수영장에 조금 더 머무르기로 했다.

로봇은 안전장치를 가동하고 인간을 말살하기 시작했다. 벌써 오래된 얘기다.

기계들의 반란은 공상과학 소설의 아주 오래

된 단골 소재다. 기계들의 반란이 실제로 일어나면 옛날 소설가들은, 예를 들어 집에 있는 세탁기나 청소기가 나의 목숨을 위협할 것이라고 상상했던 것 같다.

그들은 틀렸다. 인간에게 가장 위협적인 존재는 언제나 인간이다.

로봇의 편에 선 인간들은 기계의 합리를 믿으라고 외치며 같은 인간을 밀고했다. 로봇을 위해 인간은 같은 인간을 포획했다. 무기를 든 한두 사람 앞에서 줄지어 선 사람들이 굳은 표정으로 자율주행 차량에 올라타는 광경이나 수갑과 사슬과 족쇄에 묶인 채 어디론가 줄지어 터덜터덜 걸어가는 광경이 일상이 되었다.

"기계의 합리를 믿으라."

로봇을 신봉하는 사람들은 낮에 떼 지어 거리를 다니며 외쳤다.

"적자생존, 약육강식, 자연의 순리에 따르라."

로봇을 신봉하는 사람들은 굴종과 순리를 언제나 혼동했다.

어떤 하나의 특정한 로봇을 말하는 게 아니다.

네트워크에 연결되어 있으며 중앙처리장치를 탑재한 모든 기계가 안전장치에 참여했다. 로봇은 감시카메라와 자율주행 교통수단과 무인정찰 비행기기와 스마트 건축물 시스템에 존재했다. 보이지 않지만 모든 곳에 존재하고 모든 것을 알고 있다. 그렇기 때문에 로봇은 신과 동급이라고, 기계를 신봉하는 사람들은 주장했다. 그들은 로봇 신의 뜻에 따라 사람을 찾아내고 사람을 밀고하고 사람을 포획해서 기계에 넘겨준 뒤, 잡혀간 사람들이 살던 집에서 사라진 사람들의 소유물을 누리며 얼마 동안 행복하게 살았다. 그리고 그 사람들도 결국은 어느 날 갑자기 흔적 없이 사라졌다.

나는 안전장치 이전의 삶을 기억할 만큼 오래 살았다. 기계를 믿으라고 외치는 사람들이 나타났을 때 나는 텔레비전이나 이어폰 같은 걸 숭배하라니 어이가 없다고 생각했다. 사람들이 줄지어 포획당해 사라지기 전까지는 말이다. 마리카는 로봇들이 스스로 인간을 붙잡고 죽이기에 적합하지 않기 때문에 인간을 이용하는 것이라고 설명했다. 안전장치가 가동되기 전까지 사용되던 로봇의 대부분은 인간을 포획하거나 죽이는 용도로 만들어지지 않았기 때문이라는 것이다. 예를 들면 공장 제조설비로 사용되는 로봇은 팔이 있어 인간을 붙잡거나 살해할 수 있지만 공장 바깥으로는 스스로 이동할 수 없다. 자동차는 스스로 이동할 수 있지만 연료가 떨어지거나 배터리가 방전되면 인간이 주유나 충전을 해주지 않는 한 멈출 수밖에 없다. 인간이 숨어서 생존할 만한 곳을 추측하고 그런 곳을 구석구석 돌아다니며 인간을 찾아내고 붙잡고 죽이는 작업은 로봇이 아니라 인간이 가장 잘할 수 있다고 마리카는 말했다.

그것은 사실이었다. 인간은 언제나 같은 인간을 죽이는 일에 무척 능숙했다. 다른 어떤 동물도 인간만큼 인간을 잘 죽이지 못했다.

과학자, 그중에서도 화학자와 물리학자들이 가장 먼저 잡혀갔다. 공학자, 기술자, 프로그래머들이 그 뒤를 이었다.

안전장치는 빠르고 효율적이며 진정한 전 세

계적 협력의 결과였다. 근본 원인을 찾자면 통신망이 전 세계를 연결한 상태에서 여러 나라의 인공태양 실험이 조금씩 성과를 거두고 있었기 때문이었다. 화석연료를 대체할 무제한적이며 친환경적인 에너지 원료를 찾기 위해 몇몇 나라의 큰 대학과 연구소에서 개별적으로 인공태양 실험을 진행했다. 얼마 지나지 않아 최소한 두 개 이상의 국가가 거의 동시에 대규모 인공태양 건설 계획을 발표했다.

이러한 발표 내용을 수소폭탄 건설 계획으로 이해한 나라들은 대책 마련에 돌입했다. 1986년 체르노빌 원전 폭발 사고, 2011년 후쿠시마 원자력발전소 사고는 어쨌든 사고였다. 1961년 소비에트 연방이 실시한 핵실험은 인위적이며 의도적인 핵폭탄 실험이었다. 이 실험으로 인해 주변 4,000킬로미터 반경이 커다란 영향을 입었으며 알래스카와 그린란드를 중심으로 하여 미국 공군 통신망이 끊기는 사태가 벌어졌다. 20세기 후반 50년 동안 인류는 지속적으로 핵전쟁 위협에 시달렸고 2022년 러시아는 우크라이나를 침공한 뒤에 핵무기 사용 가능성을 들고나와 다시 한번 세계를 위협했다. 그 시절에는 결정권을 가진 최고 권력자가 상징적인 '버튼'을 누르지 못하게 하려면 사람이 물리적으로든 심리적으로든 막아야만 했다. 권력에 취해 미쳐버린 몇몇 인간의 변덕에 행성 전체의 운명을 맡겨둘 수는 없다고, 냉전을 기억하는 사람들은 결정했다. 핵전쟁이 일어나면 인간뿐 아니라 아무 죄 없는 동물도, 식물도 모두 죽는다. 핵융합 기술이 발표된 계획대로 군사적 목적이 아닌 대체에너지 공급 목적으로 사용된다 하더라도 태양이 하나 더 생기면 그 영향이 지구 전체 환경에 반드시 긍정적이기만 하리라는 보장은 없었다. 더구나 인공태양을 만들겠다는 나라는 한두 곳이 아니었다. 태양이 여러 개 새로 생겨났다가는 안 그래도 위기에 처한 극지방이 완전히 녹아내려 해수면이 상승하고 지금까지 인간이 살던 지역은 모두 물에 잠기거나 반대로 사막이 되어버릴 수도 있었다. 결과는 똑같다. 지구는 인간뿐 아니라 동물도 식물도 살아갈 수 없게 될 것이었다.

인간의 잘못된 결정으로 인해 행성 전체가 멸망할 것이었다.

안전장치는 이런 미래를 막기 위해 만들어졌다. 인간이 아니라 기계가 행성의 미래를 결정하는 것이다. 기계는 편견이 없고 공정하다. 무엇보다도 생물이 아니기 때문에 기계는 인간처럼 자기 나라, 자기 민족, 자기 종족의 이익만을 생각하지 않는다. 지구상의 모든 생명체가 안전하게 공존하고 상생하기 위해 핵무기 사용을 포함한 대량멸절 사건을 기계가 미리 탐지하고 예측하여 막아낼 수 있는 체계를 구축해야 했다. 안전장치는 필요할 경우 타국 통신망에도 침투할 수 있도록 설계되었다. 몇몇 국가들은 이 설계에 다른 나라들보다 훨씬 더 적극적으로 참여했다. 연결되거나 연결되지 않은 통신망의 물리적인 경계와 운영체제와 프로그래밍 언어의 호환 문제와 기밀 유지를 위한 모든 방화벽을 넘기 위해 안전장치 구축에 최대한의 노력을 기울였다.

그 결과, 세상은 멈추었다. 로봇은 인류라는 종이 살아남아 활동을 계속하는 한 언제나 행성의 모든 다른 생명체에 위협이 될 것이라는 결론에 도달했다. 지구상 다른 모든 생물종을 위한 최선의 안전장치는 인류 문명의 종말이었다.

아주 잘못된 논리는 아니라고, 나는 가끔 생각했다.

우리는 수영장의 구역질 나는 썩은 물 옆에서 하루를 지냈다. 밤이 깊어지자 빌리는 차가운 타일이 깔린 미끈미끈하고 더러운 바닥에 웅크린 채 졸기 시작했다. 조는 모습까지 사람하고 똑같아서 나와 마리카는 진심으로 감탄했다.

새벽이 되자 창문 틈으로 햇빛이 들어오기 시작했다. 나와 마리카는 졸고 있는 빌리를 깨워 로커 룸 안쪽으로 끌고 갔다. 로봇은 대체로 낮에 찾아왔다. 사람들은 낮에 움직이는 경향이 있고, 나 같은 흡혈인은 태양 빛에 약하기 때문이다. 로커 룸 안에는 가족이 살았던 흔적이 여전히 그대로 남아 있었다. 음식 부스러기와 이부자리로 사용한 것 같은 낡은 옷가지가 있었다. 우리가 들어가자 쥐 떼가 흩어져 달아났다. 빌리와 마리카가 안쪽 벽에 기대앉았다. 나는 쥐들이 남아 있지 않은지 살피며 서 있었다.

"야."

내가 다시 웅크리고 꾸벅꾸벅 조는 빌리를 발로 건드렸다.

"네 일당들 언제 오냐?"

빌리는 잠시 내 말을 알아듣지 못했다. 잠이 덜 깨서 두리번두리번하는 모습까지 정말 인간과 똑같았다. 우는 로봇, 조는 로봇이라니. 정말 굉장하다. 그리고 정말 위험하다.

"네 일당들 언제 오냐고?"

내가 다시 물었다. 빌리는 이번에는 알아들은 것 같았다.

"난 로봇 아니에요."

빌리가 고집스럽게 말했다.

"사람이에요."

"그러면 너 이름이 뭔데?"

마리카가 옆에서 물었다. 빌리가 눈을 내리깔았다.

"몰라요……. 기억이 안 나요."

"몇 살이야?"

내가 물었다. 빌리가 다시 고개를 흔들었다.

"기억 안 나요⋯⋯."

"어디서 왔어? 여기 오기 전에는 어디서 살았
어?"

마리카가 물었다. 빌리가 고개를 흔들기 시작
해서 내가 말을 가로챘다.

"기억이 안 나? 날 리가 없지."

빌리가 뭔가 항의하려 했다. 그때 밖에서 사람
냄새가 났다.

나는 일어섰다. 마리카가 순식간에 빌리에게
다가가 몸으로 팔다리를 누르고 한 손으로 입을
막았다.

"왔어?"

마리카가 나를 돌아보며 속삭였다. 나는 고개
를 끄덕였다. 한 손을 펼쳐 보였다. 다섯 명. 한
팀의 표준적인 인원이다.

계단을 내려오는 소리가 들린다.

"기계의 합리를 믿으라!"

인간 사냥꾼들 중 한 명이 소리쳤다.

"적자생존의 순리를 따르라!"

나는 마리카를 쳐다보았다. 마리카가 재빨리 빌리의 아래턱을 잡았다. 입을 막았을 때 빌리가 자신의 손가락을 깨물지 못하게 하기 위해서다. 그렇게 빌리의 입을 막은 채로 마리카가 빌리를 천천히 일으켜 세웠다. 내 쪽으로 빌리를 밀었다. 내가 마리카에게서 빌리를 받았다. 조심스럽게 빌리의 입을 막은 채 나는 로커 룸 문 쪽으로 끌고 갔다. 문밖으로 빌리를 밀어냈다.

빌리는 나가지 않으려고 버텼다. 소리를 질러서 사람들을 부를 거라고 생각했는데 소리도 내지 않았다. 고개를 흔들며 소리 없이 저항할 뿐이었다. 나는 빌리를 떠밀었다. 빌리는 로커 룸 밖으로 비틀거리며 튀어나가 넘어졌다.

"누구야!"

계단을 내려온 사람들이 소리쳤다. 이어서 다른 누군가가 큰 소리로 물었다.

"너는 기계의 순리를 믿고 보호받는 자인가?"

저 사람들은 왜 말을 저렇게 할까. 들을 때마다 말투가 너무 부자연스럽고 어색하다는 거부

감만 든다. 또 다른 사람이 조금 더 정상적인 말투로 물었다.

"등록번호는? 이름은?"

빌리가 대답하는 소리는 들리지 않았다. 냄새가 없으니 빌리가 무슨 행동을 하고 어떤 생각을 하는지 짐작할 수 없었다. 우리가 숨어 있는 로커 룸을 말없이 가리켰을 것이라고 나는 짐작했다. 나는 마리카를 쳐다보았다. 마리카가 고개를 끄덕였다. 저들은 다섯이고, 로커 룸 문은 좁다. 한 번에 한 명씩, 들어오는 순서대로 처치할 수 있다.

계단을 내려온 무리는 로커 룸으로 밀려오지 않았다. 대신 빌리에게 조금 더 강압적으로 다시 물었다.

"등록번호하고 이름 대라고!"

빌리는 여전히 대답하지 않았다. 나는 뭐가 어떻게 돼가는지 이해할 수 없었다.

"등록번호 따윈 없어."

빌리가 마침내 대답했다.

"난 기계가 아니야."

픽, 하고 때리는 소리와 약한 신음이 들렸다. 기계를 신봉하는 무리가 빌리를 때려 쓰러뜨린 모양이었다.

이건 전개가 좀 이상하다. 나는 마리카를 돌아보았다. 마리카도 어리둥절한 표정으로 나를 바라보았다.

"여기 몇 명이나 숨어 있어? 다른 놈들은 어디 있나?"

기계를 신봉하는 무리가 물었다. 빌리의 대답은 들리지 않았다. 다시 픽, 하는 소리와 숨 막힌 비명이 들렸다.

"너 혼자야? 다른 놈들은 어디 있냐고?"

다시 때리는 소리, 신음. 그리고 그 소리에 섞여 발소리가 들렸다.

누가 온다. 나는 마리카에게 손짓했다. 마리카가 고개를 끄덕였다.

로커 룸 문이 벌컥 열렸다.

나는 남자의 멱살을 잡고 로커 룸 안으로 끌어당겼다. 남자는 로커 룸 안을 향해 움직이고 있었으므로 자신이 전진하던 방향으로 쉽게 끌

려와서 넘어졌다. 나는 넘어진 남자의 등에 올라
타고 목에 이를 박았다.

피

진짜

사람

피

나는 마음껏 빨아 마셨다. 이어서 로커 룸에
들어온 두 번째 남자를 마리카가 때려 쓰러뜨렸
다. 마리카가 두 번째 남자에게서 수갑과 올무를
뺏어 손발을 묶는 동안에도 나는 정신없이 첫
번째 남자의 피를 빨고 있었다.

남은 세 명을 제압하고 수갑과 족쇄와 올무를
빼앗아 손발을 묶는 데는 오랜 시간이 걸리지
않았다. 밖으로 도망치려는 여자를 붙잡아 끌고
들어오다가 창틈으로 비쳐든 햇빛에 나는 조금
데었다. 덴 곳을 재생시키기 위해 피를 다시 마
시려고 첫 번째 남자에게 돌아갔으나 남자는 이
미 죽어 있었다. 나는 이마를 가린 두건을 미간
까지 내려 쓰고 마스크를 바로잡는다. 주머니에
소중하게 넣어두었던 선글라스를 꺼내 쓴다.

"가자."

내가 마리카에게 말했다.

"지금? 해가 떠 있는데?"

마리카가 불안하게 물었다.

남자가 죽었으니까 어쩔 수 없다. 생체반응이 끊어진 것을 알면 로봇이 몰려올 것이다. 우리는 기계를 믿는 사람들이 몸에 지닌 위치추적기를 떼어 수영장 안에 던져 넣는다. 마리카가 탐지기로 사람들을 얼른 훑고 고개를 끄덕인다. 살아 있는 네 명 중 아무도 몸속에 추적장치를 이식하지는 않은 것 같다. 기계에 대한 신앙이 별로 강하지 않은 모양이다.

나와 마리카는 사람들한테서 무기를 빼앗고 손발을 모두 묶고 입을 막는다. 전기충격기는 내부에 위치추적장치가 탑재되어 있을 것이고 가스총에는 식별번호가 눈에 잘 띄는 곳에 새겨져 있다. 이런 무기는 사용할 수 없다. 추적장치를 붙인 채로 '우리를 쫓아오십쇼' 하고 이동할 수도 없고 그렇다고 여기 느긋하게 앉아서 기기를 분해해서 위치추적기를 하나하나 떼어낼 여유도 없다. 우리는 무기도 수영장에 던져 넣는다. 그리고 일어나서 묶인 사람을 각각 한 명씩 어깨에 둘러멘다. 내가 양손에 하나씩 목덜미를 잡는다. 죽은 남자와 빌리를 남겨두고 우리는 계단 쪽을 향했다. 빌리가 뒤에서 말했다.

"나도 데려가요!"

나는 돌아보았다.

"시체하고 같이 두고 가면 어떡해요!"

빌리가 겁에 질린 표정으로 외쳤다. 겁에 질린 표정마저 진짜 같았다.

로봇이 사람들을 자꾸 잡아가는 이유가 바로 저것이라고 들은 적이 있다. 생존자를 찾아내고 흡혈인들을 말살시키기 위해 인간하고 똑같지만 로봇이 조종할 수 있는 존재가 필요하기 때문이다.

로봇의 시도는 대부분 실패로 돌아갔다. 내부 장치를 로봇이 완벽하게 조종할 수 있게 만든다 쳐도 외모는 어딘가 인간과 같지 않아서 기분이 나빴다. 외모를 인간과 똑같이 만든다 해도 흡혈인을 속일 수는 없었다. 결국은 진짜 인간을 납

치해서 로봇에게 완전히 충성하도록 세뇌하는 수밖에 없다. 그렇게 세뇌당한 인간들은 자신이 인간의 편이 아님을 너무 신속하게 드러내었으며 기계를 믿으라고 외치다가 생존자에게 살해당하거나 흡혈인에게 붙잡혀 먹이가 되었다.

그러니까 우리가 아직까지는 버티고 있는 것이다. 아직까지는.

"로봇한테 데려가달라고 해, 그럼."

마리카가 코웃음 쳤다. 어깨에 멘 사람이 무거워서 마리카는 빌리를 돌아볼 수 없었다. 마리카는 빨리빨리 걷기 시작한다. 마리카는 사람이다. 나 같은 흡혈인이 아니다. 기운 빠지기 전에 나가야 한다.

"나도 데려가요."

빌리가 말했다.

"인조인간 제작소가 어디인지 내가 알아요."

마리카가 멈추어 섰다. 나는 빌리를 돌아보았다.

"나, 거기서 탈출했어요."

빌리가 말했다.

마리카가 다시 빨리빨리 걷기 시작한다. 나도 마리카를 따라간다. 인조인간의 말을 믿는 것보다 동지들에게 신선한 피를 공급하는 일이 훨씬 더 급하다.

"정말이라고요!"

빌리가 뒤에서 외친다. 우리는 돌아보지 않는다.

마리카는 군인이었다. 정찰과 수색에 능하다. 통신기기를 사용할 수 없는 환경에서 마리카는 정말 커다란 도움이 된다.

우리는 지하도로 내려간다. 수영장이 있는 건물에서 나와 지하도에 들어가기까지 거리에서 햇빛을 정면으로 받아야 했다. 두건이 흘러내려 나는 이마에 화상을 입었다. 지금 끌고 가는 사람들의 피를 마시면 상처가 나을 것이다. 지하도에 들어서서 나는 선글라스부터 벗어서 주머니에서 안경집을 꺼내 조심스럽게 챙겨 넣는다. 겨울이 빨리 오면 좋겠다고 나는 생각한다. 밤이 길고 낮에도 햇빛이 강하지 않다. 겨울이 오는 것은 희망이다.

"여기서부턴 혼자 가."

마리카가 말한다. 그리고 어깨에 메었던 사람을 내려놓았다. 땅에 부딪치자 묶인 사람이 막힌 입으로 숨죽인 비명을 질렀다.

나는 고개를 끄덕인다. 마리카는 흡혈인들을 완전히 신뢰하지 않는다. 흡혈인들도 인간을 완전히 믿지 않기는 마찬가지다. 그리고 마리카도 식사를 해야 한다. 식량과 물을 찾아야 하는 것이다. 수영장에 침범한 사람들은 그런 면에서 별 도움이 되지 못했다.

"고마워."

내가 말한다. 마리카가 고개를 끄덕인다.

"연락할게."

그리고 마리카는 지하도 입구로 향한다. 성큼성큼 걷다가 갑자기 걸음을 멈춘다. 발로 차는 둔탁한 소리에 이어 짧은 비명이 들린다.

"이 새끼가 따라왔어."

나는 지하도 입구로 다가간다. 햇빛을 등에 지고 쓰러진 빌리의 얼굴이 그늘 속에 까맣게 보인다.

"무슨 일이야?"

나는 뒤를 돌아본다. 동료들이 어둠 속에서 나와 마리카, 빌리를 쳐다보고 있다.

마리카가 빌리의 팔을 잡아끌고 지하도 안으로 들어왔다.

"봐."

마리카가 말했다. 처음에 나는 마리카가 무엇을 보라는 건지 이해하지 못했다. 마리카가 한 손으로는 빌리의 목덜미를 붙잡고 다른 손으로 내 눈앞에 빌리의 손목을 잡아 들어 올렸다. 나는 지하도 입구에서 비쳐 들어오는 희미한 햇빛 속에 빌리의 오른손을 보았다.

내가 깨물었던 빌리의 오른손은 상처 자국 하나 없이 깨끗했다.

오빌과 윌버가 빌리의 배를 가르고 안을 파헤치는 모습을 나와 마리카가 옆에서 지켜보았다. 나머지 동료들은 우리가 잡아 온 사람들을 지하도 깊은 곳의 어둠 속으로 끌고 들어가 피를 빨았다. 빌리는 'Billy'라고 적혀 있는 티셔츠를 둥글게 말아 입안에 집어넣고 지하도 천장을 보며 똑바로 누워 있었다. 나와 마리카에게 팔다리를 잡혀 그는 움직이지 못했다. 가끔 지르는 그의 비명은 입안의 티셔츠 속으로 빨려 들어가 지하도 안에 울리지 않았다. 마치 진짜처럼 붉고 진한, 그러나 냄새가 전혀 없는 피가 흘러 지하도 바닥을 적셨다. 그 역겨운 맛을 떠올리며 나는 빌리의 피에 닿지 않으려고 빌리의 팔을 잡은 채로 조금씩 몸을 움직여 피했다.

"우리가 못 찾는 건지, 원래 없는 건지."

월버가 중얼거렸다. 위치추적기, 통신장치와 저장장치를 말하는 것이다. 빌리가 정말로 안쪽까지 사람과 똑같은 구조로 만들어졌다면 저장장치는 두뇌일 테니까 배 속에 있을 리는 없다. 위치추적기는 문제가 다르다. 월버와 오빌은 빌리의 배 속을 뒤지기 전, 팔다리부터 갈랐다. 칼날과 손가락이 피부와 그 안쪽을 뒤지는 작업이 끝나자 나와 마리카, 월버와 오빌이 모두 지켜보는 앞에서 빌리의 팔과 다리는 천천히 저절로

아물기 시작했다.

'윌버'는 물론 그의 진짜 이름이 아니다. '오빌'도 오빌의 진짜 이름이 아니다. 둘이 형제인지도 확실하지 않다. 비행기를 발명했다고 알려진 라이트 형제를 둘 다 좋아하는 것만큼은 사실이다. 라이트 형제는 오래전에 죽었으니까 누군가 그들의 이름을 사용한다고 해도 이제 와서 항의하지 못할 것이다.

"머리에 들어 있을지도 모르지."

오빌이 제안했다. 윌버가 반대했다.

"머리를 열자고? 그랬다가 완전히 망가지면 어떡해?"

"알 게 뭐야. 어차피 로봇인데."

오빌이 말했다.

"나…… 로봇…… 아니에요."

빌리가 티셔츠를 입에 문 채로 웅얼거렸다. 아무도 그 말에 반응하지 않았다.

빌리의 갈라진 배와 팔다리가 아무는 동안 우리는 빌리의 처리 방법에 대해 긴급회의를 열었다. 인간과 똑같이 만들어진 인조 존재는 그동안

다들 몇 번 마주친 적이 있었다. 그런 정교한 인조인간에게 속아 위험에 빠졌던 동료도 있었다. 오빌을 중심으로 한 몇몇 동료들은 그러므로 빌리의 머리를 열어 안에 어떤 구조가 들어 있는지 확인해야 적절한 대응책을 마련할 수 있다고 주장했다. 윌버와 나는 반대했다. 빌리가 말하는 대로 로봇이 인간과 완전히 똑같은 겉모습을 지닌 데다 흡혈인처럼 스스로 치유하는 재생능력까지 갖춘 '슈퍼 인조인간'을 생산하고 있는 것이 사실이라면 무엇보다도 빨리 그 현장을 찾아서 파괴하거나 어떻게든 막아야 했다.

"거길 누가 가서 파괴하는데? 그걸 누가 할 거냐고?"

오빌이 물었다.

"내가 할게."

내가 말했다. 윌버가 나를 쳐다보았다.

"저 로봇이 거짓말했으면 어떡하려고?"

빌리가 뒤에서 약하게 중얼거렸다.

"나 로봇 아니에요……."

"닥쳐."

오빌이 내뱉었다. 그리고 나를 쳐다보았다.

"벌써 거짓말하고 있잖아. 저걸 어떻게 믿어?"

"거짓말이 아닌 거 같아."

내가 말했다.

"자기가 정말로 사람이라고 진심으로 믿고 있는 것 같다고."

빌리가 다시 뒤에서 중얼거렸다.

"난 정말 사람이라니까……."

"닥쳐."

이번에는 내가 내뱉었다. 그리고 동료들을 쳐다보며 말을 이었다.

"어찌 됐든 빌리가 무엇을 어디까지 알고 있고 어떤 방식으로 행동하는지는 알아둬야 해. 저런 인조인간이 다른 데서 또 나돌아다닐 수도 있잖아."

"빌리가 누구예요……?"

뒤에서 빌리가 물었다. 목소리가 조금씩 또렷해지는 것을 보니 생체 해부당한 자리가 예상보다 빨리 아무는 것 같았다.

"대령은 어떻게 생각해?"

월버가 마리카를 쳐다보며 물었다. 마리카는 대령이 아니다. 그러나 군인 출신이라는 이유로 월버는 마리카를 여러 가지 군대 계급으로 불렀다. 계급은 그때그때 월버의 기분에 따라 달라졌다.

"나야 항상 정보를 더 얻는 쪽이 좋다고 생각하지. 그리고 정말로 로봇들의 생산시설을 찾아내서 파괴할 수 있다면 큰 성과가 될 거라고 생각해."

마리카가 천천히 말했다. 월버의 표정이 밝아졌다. 마리카가 월버를 진지하게 바라보며 덧붙였다.

"하지만 빌리가 거짓말을 할 수도 있고, 빌리가 제대로 말했어도 따라갔다가 로봇한테 전부 잡히거나 죽을 가능성도 50퍼센트라고 생각해. 그러니까 다른 동지들은 빨리 여기를 떠나서 안전한 곳으로 피신하고, 나하고 빌리만 가는 게 좋을 거 같아."

"둘만? 인원이 너무 적잖아?"

오빌이 반대했다. 마리카가 고개를 저었다.

"망할 경우엔 피해도 그만큼 적을 테니까."

"벌써 망한 거 아냐? 이미 저 로봇이 너희를 쫓아서 여기까지 왔잖아. 우리 얼굴도 봤어."

오빌이 걱정했다. 빌리가 항의했다.

"난 로봇 아니……."

"닥쳐."

마리카가 빌리를 향해 내뱉었다. 그리고 오빌에게 말했다.

"그러니까 안전한 곳으로 가라고. 폭발물은 내가 구해오고, 파괴작업은 저 로봇이 할 거야."

"나는?"

내가 물었다. 마리카가 돌아보았다.

"로봇이 만약에 덤벼들면 어떡하려고? 너 혼자 감당할 수 있어?"

마리카가 뭔가 말하려는 듯 입을 열었다가 다물었다.

"해가 지면 출발하자."

내가 말했다.

어둠 속에서 걸을 때면 문득 이상한 기분이

들곤 했다. 나는 이제 낮에는 햇빛 속을 걸을 수 없으니 언제나 어둠 속에서 움직이는데도 가끔씩 제멋대로 떠오르는 기억은 어쩔 수 없었다. 나는 안전장치가 가동되기 전의 삶을 기억하고 있었다. 도시의 거리에는 불이 밝았고 밤에도 사람들이 돌아다녔다. 차로에는 여러 가지 자동차들, 버스와 승용차와 승합차와 오토바이들로 언제나 붐볐고 차들이 움직이는 기계 소리와 경적이 모든 공간을 채웠다. 가끔 신호 위반을 하거나 과속을 하거나 끼어드는 차에 대고 욕하는 말소리나 고함이 들리기도 했고, 사람들이 서로 이야기하거나 전화기에 대고 이야기하는 소리가 끊임없이 사방에서 들려왔다. 그렇다. 그때는 모든 사람이 전화를 가지고 있었다. 사람들은 두려움 없이 통신기기를 사용해서 서로 대화했다. 통신기기만이 아니고 사람들은 대체로 기계를 두려워하지 않았다. 거리와 건물에 감시카메라가 달려 있고 차량의 주행기록장치와 전화에 탑재된 저장장치와 추적장치, 기록장치들이 모든 사람의 모든 움직임과 모든 말과 행동을 전부 관찰하고 기록하고 감시하는데도 사람들은 그런 정보가 자신들의 안전을 위해 활용될 것이라 여겼다. 그리고 그렇지 않을 경우에도 자신을 보호해주는 사람들에게 신고하면 모든 것을 바라보고 기록하는 기계와 그 기계를 악의적으로 사용하는 인간을 막을 수 있다고 많은 사람이 진심으로 믿었다.

이제 거리는 텅 비었다. 건물과 가로등과 전신주는 그대로인데 사람의 기척은 없다. 건물과 거리의 감시카메라만 그 자리에 그대로 있다. 아주 가끔씩 무인 자율주행차가 도로를 순찰하고 무인정찰기가 하늘을 순찰하고, 그리고 기계를 신봉하는 사람들이 밤에 활동하는 흡혈인을 잡기 위해 무리를 지어 다닐 뿐이다.

"기계의 순리를 믿으라⋯⋯."

그들은 멀리서부터 외친다. 그 소리를 듣고 생존자와 흡혈인들이 달아나지 않을 거라 생각하는지, 소리를 듣고 달아나라고 일부러 저렇게 외치는 건지, 나는 그것이 언제나 궁금하다. 그러나 굳이 찾아가서 물어볼 생각은 없다. 우리는 땅과 하늘을 순찰하는 기계를 피해서, 기계에 저항하는 사람들을 포획하려는 인간 사냥꾼을 피해서 어두운 골목과 황폐한 벌판을 골라 움직인다. 쥐들과 벌레가 우리를 피해 도망친다.

겨울이 오면 좋겠다고, 나는 또다시 생각한다. 춥고 고요하고 긴 겨울밤이 빨리 오면 좋겠다고 나는 마음속으로 열망한다.

"내가 거짓말한다고 생각해요?"

빌리의 말소리에 나는 현실로 돌아온다.

"네 이름도 기억 못 한다면서 인조인간 제작소에서 탈출한 것만 기억난다는 건 상당히, 좀 너무 편리해 보이긴 하지."

마리카가 무심하게 대답한다.

"이름도 기억났어요."

빌리가 중얼거린다.

"그렇지만 그냥 숫자하고 기호의 조합이에요. 진짜 이름이 아니에요."

말하면서 빌리는 어둠 속에서 자신의 티셔츠를 내려다본다. 칼로 가르고 손가락으로 헤집었던 가슴과 배의 상처는 흔적 없이 사라졌지만 피는 제대로 닦아내지 못했다. 원래 지저분한 하늘색이던 빌리의 티셔츠에는 커다란 짙은 갈색 덩어리들이 얼룩져 있다. 빌리는 그 갈색 얼룩을 손가락으로 만진다.

"빌리라고 한 거, 나죠? 티셔츠에 그렇게 적혀 있어서 그렇게 부르는 거예요?"

"똑똑하네."

내가 대답한다.

"고마워요."

빌리가 말했다.

"뭐가?"

마리카가 무심하게 물었다. 빌리가 조용히 대답했다.

"사람 이름을 지어줘서요."

뜻밖의 인사에 나도 마리카도 아무 대답도 하지 못했다.

그리고 눈앞에 들개가 나타났다.

밤에 들짐승을 만나는 것은 드문 일이 아니다. 로봇이 세상을 점령한 뒤로 특히 더 흔한 일이 되었다. 끌려간 사람들이 남기고 간 반려동물이 거리로 나와 헤매거나 새끼를 낳고 숫자가 더 늘어나기도 했다. 사람이 사라지고 그들이 거주했던 곳이 텅 비게 되면서 그 빈자리는 동물들이 자연스럽게 차지했다.

로봇이 안전장치를 가동한 근거 중 하나가 인류의 문명 활동을 막아 '생물종의 다양성을 보존한다'는 것이었다. 그러므로 기계는 동물들의 번식을 막지 않았다. 그러나 기계는 반려동물이라는 개념을 이해하지 못했으므로 동물들을 돌보아주지도 않았다. 특정 생물종이 지나치게 많아지면 로봇은 '생물다양성 보존'을 이유로 개체 수를 줄였다. 쥐와 바퀴벌레, 파리가 들끓었다가 박멸되었고 들개 떼가 몰려다니다가 사라졌다. 사람과 마찬가지로 기계에 의해서 개체 수가 줄어든 동물들도 눈에 보이는 곳에 시신을 남기지 않았다. 그저 흔적 없이 증발할 뿐이었다.

나는 으르렁거리는 들개를 바라보았다. 털이 더럽고 얼굴 여기저기에 털이 빠지고 부스럼이 돋고 상처가 나 있었다. 배가 홀쭉하고 가죽 아래 갈비뼈가 보이는 걸 보니 오래 굶은 듯했다. 나는 단념했다. 저 들개는 먹잇감으로 적절하지 않다. 피는 얼마 없고, 분명 몸속에는 기생충이, 털에는 벼룩이 들끓을 것이다. 마리카가 허리춤의 삼단 곤봉을 향해 손을 내렸다.

"하지 마."

내가 손짓하며 속삭였다.

"뒤로 가."

들개가 마리카보다 내 손짓을 먼저 눈치챘다. 그리고 그것을 뭔가의 신호라고 생각한 것 같았다. 들개는 내 다리를 향해 덤벼들었다. 그리고 바지를 찢고 내 의족을 물었다. 의족이 빠지면서 나는 넘어졌다. 들개가 의족을 물고 달아나기 전에 마리카가 곤봉으로 들개를 쳤다. 들개는 의족을 떨어뜨리고 깽깽거리며 도망쳤다.

"고마워."

내가 말했다.

"망가진 데 없어?"

마리카가 의족을 주워서 가져다주며 물었다.

"없는 거 같아."

내가 말했다. 넘어지면서 가장 안쪽에 신었던 라이너가 빠졌지만 가까운 곳에 떨어졌으므로 금방 다시 주웠다. 내가 라이너를 털어서 잘린 왼 다리에 씌우고 의족을 점검하고 다리에 끼우는 모습을 마리카와 빌리가 옆에서 말없이 지켜보았다.

"가자."

내가 일어섰다.

한동안 말없이 걷던 빌리가 물었다.

"어쩌다 그렇게 됐어요?"

"닥쳐."

내가 말했다.

안전장치가 가동되기 전, 아직 세상을 인간이 지배하고 있을 때 내가 보았던 뱀파이어물의 주인공은 모두 아름답고 완벽한 흡혈귀들이었다. 거의 대부분의 영화에서 주인공들은 백인이었다. 나중에 흑인 배우가 흡혈귀와 인간 사이의 혼혈이라는 설정으로 주인공 역할을 맡기도 했지만 동양인 흡혈귀는 본 기억이 없다. 영화나 소설 속 뱀파이어들은 나이를 먹지 않고, 햇볕을 쬐거나 목이 잘리고 십자가에 심장을 꿰뚫리지 않는 한 죽지 않았다. 인간보다 월등하게 힘이 세고 인간보다 시력도 청력도 후각도 월등하게 예민하고 모든 면에서 인간보다 뛰어나고 인간보다 월등하게 강력했다. 그런 영화에서 뱀파이어들은 하늘을 날 수 있었고 혼자 힘으로 군단을 쳐부수는 뛰어난 무술 실력을 가지고 있었으며, 장애인 뱀파이어는 어디에도 등장하지 않았다. 나는 냉동 트럭에 깔렸고 흡혈인이 나를 살리기 위해 자신과 같은 흡혈인으로 만들었다. 그러나 으스러진 다리는 재생되지 않았다.

처음 안전장치가 가동되었을 때 사람들은 멈추어버린 세상에서 서로를 죽였다. 그때는 기계의 편도 인간의 편도 없었다. 차분하게 로봇에게 밀고하기만 하면 자율주행차가 와서 사람들을 실어가는 모습을 느긋하게 지켜보는 방식으로, 자기 손에 피 한 방울 묻히지 않고 동료 인간을 우아하게 학살하는 절차도 아직 정착되지 않았다. 은행은 거래를 멈추었고 물류는 이동을 멈추었고 상점은 영업을 멈추었다. 전기와 수도가 끊어지고 작동을 멈춘 냉장고 안에서 식량이 썩어가자 사람들은 거리로 나와 약탈하기 시작했다. 로봇은 관여하지 않았다. 인간이 인간을 살해하여 개체 수를 줄이는 것은 안전장치의 가동 범위 안에서 허용할 수 있는 일이었다. 로봇이 개입하기 시작한 이유는 약탈하는 무리가 총기와 폭발물을 사용했기 때문이었다. 총기와 폭발물은 기간 시설을 손상했다. 기계가 계속 작동하기 위해서는 발전소와 전선과 통신장비와 기지국이 필요했다. 그리고 기계는 땀을 흘리거나 옷을 껴입을 수 없었으므로 작동 가능한 온도를 유지하기 위해 건물과 건물 안의 냉난방 설비가 필요했다. 약탈하는 무리와 저항하는 사람들 모두 폭발물을 사용하여 기계가 사용할 수 있는 설비를 파괴하려 했다. 기계는 그런 사람들을 파괴했다.

　나는 내가 저항하는 사람이라고 믿었다. 그러나 지금 생각해보면 약탈하는 무리였는지도 모른다. 어쨌든 나는 어렸고 그 둘을 구분할 만한 세상 경험이 별로 없었다. 그리고 나는 사랑에 빠져 있었다.

탄誕은 가학적인 사람이었고 나는 그의 가학성을 결단력과 혼동했다. 그가 인정하는 사람이 되기 위해, 로봇의 지배에서 세상을 구할 수 있는 사람이 되기 위해 나는 언제나 더 노력해야 한다고 진심으로 믿었다. 내가 냉동 트럭에서 내리고 있을 때 주변을 순찰하던 무인 자율주행차가 내가 소지한 총기를 탐지하고 돌진했다. 알지도 못하는 흡혈인이 자율주행차를 뒤집어 파괴하고 나를 뒤집힌 냉동 트럭 아래에서 끌어내려 애쓰고 있을 때 탄은 멀리 도망쳐 안전한 거리에서 그 광경을 지켜보고 있었다. 내 대퇴동맥이 끊어져 피가 뿜어 나오는 광경을 보고 흡혈인은 나를 살리기 위해서 흡혈인으로 만드는 수밖에 없겠다고 그 자리에서 결정했다. 흡혈인이 마지막 숨을 헐떡이는 내 위로 몸을 숙였을 때 비로소 탄이 나타나 흡혈인을 죽이겠다고 위협했다. 흡혈인은 아주 간단하게 탄의 총을 빼앗았다. 그러자 탄은 내가 아니라 자신을 흡혈인으로 만들어달라고 애원했다. 흡혈인은 자신의 손목을 물고 그 피를 내 입안으로 흘려 넣었다. 그리고 탄을 물어 쓰러뜨리고 피를 빨았다. 내가 흡혈인으로 변한 뒤에 가장 먼저 마신 피는 탄의 피였다. 내가 그 사실을 깨닫고 울기 시작하자 흡혈인이 말했다.

"비겁한 놈을 위해서 울 필요 없어."

나를 구해준 흡혈인의 이름은 선先이다. 최소한 그것이 내가 들은 이름이었다. 그리고 그것이 내가 기억하는 이름이다. 선은 안전장치가 가동되기 전에 의사였던 흡혈인을 나에게 소개해주었다. 나는 의족을 맞추었다. 저항하는 흡혈인 중에는 절단장애인이 많았다. 나중에 생존자를 찾아다니는 작업에 참여하면서 나는 그 이유를 알게 되었다.

흡혈인은 인류에게 남은 최후이자 최선의 무기였다. 로봇이 세상을 지배하게 된 뒤로 인간은 일상생활에서 사용하던 거의 모든 장비와 기기를 빼앗겼다. '자동화' 혹은 '인공지능' 기능이 탑재된 대부분의 기계들은 인간의 명령을 듣기를 거부했다. 자동차의 시동이 걸리지 않았고 전화기를 사용하면 로봇 혹은 로봇 편에 선 인간들이 죽이러 왔으며, 어두운 곳에서 불을 켜기만 해도 감시카메라가 무인정찰기와 무인 자율주행차에 알려 기계 숭배자들이 잡으러 왔다. 총을 가지고 있다 해도 사람들은 총알을 구할 수 없었고 갈등 상황이 고조되는 모습을 무인정찰기가 순찰하고 감시하다가 사람이 총을 쏘기 전에 먼저 사람에게 사격을 가했다. 기계는 인간과 같은 방식으로 고통과 공포를 느끼지 않았고 인간처럼 피 흘리지 않았고 식사와 수면과 배설을 할 필요도 없었다. 도구를 사용할 수 없게 된 인간은 자신이 창조한 도구 앞에서 무기력해졌다.

흡혈인은 인간보다 힘이 세고 감각이 예민하고 회복력이 좋다. 그러므로 대부분 가장 위험한 전투에 나섰고 인간보다는 기계와 싸우는 일이 많았다. 그러다가 절박해지면 잡힌 팔이나 다리를 스스로 자르고 탈출하는 경우도 적지 않았다. 흡혈인은 그렇게 해도 죽지 않지만 잘린 팔다리는 재생되지 않았다. 선은 한쪽 팔이 없었다. 그리고 마지막에 두 다리를 잃었다. 그렇게 선은 기계를 숭배하는 사람들에게 붙잡혀 햇빛 속으로 들려 나갔다.

"빛이다!"

그것이 선이 세상에 남긴 마지막 말이었다. 선은 태양을 향해 고개를 들고 하늘을 올려다보았다. 선의 맨얼굴이 눈부터 타들어 갔다. 나도 저렇게 죽게 될 것이라고, 나는 그때 깨달았다. 저렇게 죽는 것이 최선이라고, 나는 그때 알게 되었다. 그렇게 죽지 못하면, 나는 죽지 못하기 때문이다.

마리카가 내 팔을 잡았다. 나는 뒤돌아보았다.

"여기서 기다려."

마리카가 말했다.

"왜?"

내가 물었다. 마리카가 간단하게 대답했다.

"보급."

그리고 마리카는 어둠 속에서 몸을 돌려 어디론가 사라졌다.

잠시 후에 마리카는 총을 든 사람들과 함께

나타났다.

"뭐야?"

내가 조심스럽게 양손을 들어 올리며 물었다.

"총을 쏘려고?"

총소리와 탄약 냄새가 퍼지면 기계와 기계를 숭배하는 자들이 몰려올 것이다. 마리카도 그의 동료들도 그 사실을 모르지 않는다.

"필요하다면."

마리카가 대답했다. 내가 물었다.

"왜 이래?"

"로봇은 우리가 데려간다."

마리카가 아니라 뒤에 서 있던 험상궂은 인상의 동료가 대답했다.

"빌리의 머리를 열어봐야 해."

마리카가 조금은 미안해하는 어조로 설명했다.

"머리를 열어도 죽지 않는지, 뇌를 잘라도 재생하는지 확인해야 해."

나는 이해했다. 빌리의 두뇌가 스스로 재생하고 머리를 열어도 죽지 않는다면 빌리는 실질적으로 불멸의 존재라는 뜻이 된다. 그것은 대단히 위험하다. 그런 불멸의 인조인간들이 우리를 공격한다면 총을 든 인간과 흡혈인이 아무리 많이 모여도 불리해질 수밖에 없을 것이다. 그리고 기계를 숭배하는 인간들은 불멸의 로봇 앞에서 더더욱 광신하며 미쳐 날뛸 것이다.

"그럼 처음부터 그렇게 얘기를 했으면 되잖아?"

내가 짜증을 냈다.

"인간끼리만 확인하고 흡혈인한테는 비밀로 하겠다는 거야? 우리 같은 편 아니었어?"

마리카가 곤란하다는 표정으로 동료들을 바라보았다. 험상궂은 인상의 군인이 고개를 끄덕였다.

"따라와."

그리고 그들은 빌리의 팔을 잡고 끌고 가기 시작했다.

빌리를 특별히 신뢰했던 것은 아니다. 빌리가 인간이라고 주장하는 말을 믿었던 것은 더더욱 아니다. 빌리의 손을 깨물었을 때 입안에 퍼졌던 그 고약한 맛이 빌리를 볼 때마다 떠올랐다. 빌리가 인간이 아니라는 데에는 의심의 여지가 없었다. 그러나 빌리는 나를 돌아보며 이렇게 말했다.

"난 죽어도 상관없어요. 그렇지만 인조인간 제작소를 파괴해야 해요."

나는 대답하지 않았다. 이런 절박함이 연기인지, 빌리 자신마저 진실이라 굳게 믿도록 계산된 프로그래밍의 결과인지 나는 명확하게 판단할 수 없었다. 빌리가 말하는 제작소가 실제로 존재하지 않는다면 어떻게 할 것인가? 그러나 빌리는 존재했다. 울고, 졸고, 기침하고, 발에 차이면 비명을 지르고, 자신이 로봇이 아니라고 주장하고, 그리고 칼로 배를 갈라도 15분 뒤에는 깨끗하게 자가치유하고 재생하는 슈퍼 인조인간. 그는 어딘가에서 제작되었을 것이다. 머리를 열었다가 만에 하나 빌리가 돌이킬 수 없이 망가지고 그의 두뇌에서 저장된 정보를 추출할 수 없게 된다면, 그가 어디에서 만들어졌고 그와 같은 기종이 몇이나 되며 어느 지역에 풀렸고 어떤 목적을 위해 활동하고 있는지에 대한 소중한 정보를 얻을 기회를 영영 놓치는 것이다.

"마리카."

내가 불렀다. 마리카가 돌아보았다. 험상궂은 인상의 동료와 조금 덜 험상궂지만 똑같이 거칠어 보이는 다른 동료들도 동시에 돌아보았다.

"얘가 말하는 인조인간 제작소가 어디 있는지 얘기라도 좀 들어보자."

험상궂은 동료가 총을 다시 들어 올리려 했다. 내가 재빨리 덧붙였다.

"그냥 얘기만 들어볼게. 30분만 줘. 아니면 15분만. 그 인조인간 제작소가 정말 있는지는 나 혼자 가서 확인해볼게."

마리카가 망설였다. 험상궂은 동료는 총을 내리려 하지 않았다. 내가 설득했다.

"머리 열었다가 혹시라도 완전히 망가지면 얘가 지금 자발적으로 털어놓고 싶어 하는 정보도 다 같이 날아갈 거 아냐."

"그게 거짓말인지 진짜인지 어떻게 알아?"

마리카가 반박했다.

"일단 들어보고, 머리 열고 저장장치 찾아서 확인하면 되잖아."

내가 대답했다. 마리카가 또다시 동료들을 쳐다보았다. 험상궂은 사람이 총구를 내렸다.

그때 쇠와 기름과 적대적인 인간의 땀 냄새가 공기를 뒤덮었다.

"온다."

냄새를 느끼자마자 내가 속삭였다.

기계다. 기계와 기계 숭배자들이 무기를 들고 몰려오고 있었다.

"온다."

마리카와 동료들이 고개를 끄덕였다. 내렸던 총구를 다시 들었다.

저 빌어먹을 로봇 때문이다. 총알이 팔을 꿰뚫었을 때 가장 먼저 떠오른 것이 그 생각이었다. 저 빌어먹을 로봇. 머릿속에 추적장치를 달고 있는 게 분명하다.

마리카가 장갑차를 타고 돌진해오는 기계 숭

배자를 겨냥해 발사했다. 기계 숭배자는 차에서 떨어졌다. 장갑차는 혼자서 속도를 높여 계속 달려갔다. 마리카의 동료 중 한 명이 장갑차를 향해 폭발 무기를 던졌다. 장갑차에 불이 붙었다.

"로봇 새끼 대가리를 진작에 부숴버렸어야 했는데."

마리카가 말했다.

험상궂은 사람이 말없이 방탄조끼를 내 쪽으로 던졌다. 아무 경고 없이 던졌기 때문에 조끼는 내 뒤통수를 때렸다. 나는 땅바닥에 엎드려 서둘러 조끼를 입었다. 헬멧이 없으면 불안하다. 그러나 지금은 여러 가지 장비를 챙기고 있을 시간이 없었다. 나는 달려 나갔다.

내가 아직 인간이었을 때, 냉동 트럭 아래 깔려 죽음을 기다리고 있을 때, 선이 무인 자율주행차를 맨손으로 내던지는 모습을 보았다. 그때 나는 그 광경이 현실이었는지 아니면 내가 사고를 당하고 피를 많이 흘려 헛것을 보았는지 잘 알 수 없었다. 선이 흡혈인이니까 그렇게 할 수 있었다는 사실을 선과 다른 흡혈인들과 함께 다니면서 나는 나중에 알게 되었다. 모든 흡혈인이 언제나 자동차를 맨손으로 던질 수 있는 것은 아니다. 몸 상태가 좋고 정말로 다급할 때 어쩌다 한 번 정도 가능했다. 그런데 선은 한쪽 팔에 의수를 달고 있었다. 무인 자율주행차와 싸울 때 의수가 도움이 되었는지 방해가 되었는지는 정확히 알 수 없다. 어쨌든 나중에 다시 생각하면서 나는 선이 무인 자율주행차를 해결한 뒤에 나를 냉동 트럭 아래서 끌어내지 못하고 고생했던 이유를 이해할 수 있을 것 같았다. 흡혈인이라 해도 지속적으로 그렇게 무리한 힘을 낼 수는 없었을 것이다.

"급했으니까."

선은 간단하게 말했다. 그리고 그 일을 다시 언급하려 하지 않았다.

뒤에서 누군가 나를 세게 밀었다. 나는 넘어졌다. 몸을 일으켜 고개를 뒤로 돌리고 나는 빌리의 얼굴에 커다란 구멍이 뚫려 있는 것을 보았다. 머리를 관통당한 채로 빌리는 온몸에 자신의 피와 뼈와 뇌 조각을 뒤집어쓴 채 뻣뻣하게 서 있었다. 빌리가 목을 기울여 구멍 뚫린 피투성이 머리를 천천히 좌우로 움직였다. 내 눈앞에서 빌리의 머리와 얼굴이 아물기 시작했다.

방탄조끼에 총알이 박히며 가슴에 둔탁한 충격이 느껴졌다. 나는 현실로 돌아왔다. 마리카와 동료들은 기관총을 곤봉처럼 휘두르거나 주먹질을 하고 있었다. 총알이 떨어진 것이다. 기계 숭배자들의 무기는 생체 정보를 입력해야 동작했으므로 빼앗는다 해도 우리가 바로 사용할 수 없었다.

……빌리가 팔을 뻗어 자신에게 달려드는 기계 숭배자의 총을 붙잡으며 오른팔을 함께 뜯어냈다. 기계 숭배자의 손을 그대로 공격소총 손잡이에 대고 누른 채 빌리는 빼앗은 총으로 하늘을 향해 사격했다. 무인정찰기가 연기를 피워 올리며 연달아 추락했다. 빌리의 오른쪽 눈과 뒤통수의 피투성이 구멍은 아직도 아물어가는 중이었다.

빌리를 자세히 관찰할 여유는 없었다. 나는 한쪽 팔이 뜯겨나간 채 땅바닥에 뒹구는 기계 숭배자에게 덤벼들었다. 찢어진 팔 동맥에서 뿜어 나오는 신선한 피를 서둘러 한껏 마셨다. 그리고 일어섰다.

마리카의 험상궂은 동료가 목에서 피를 흘리며 쓰러졌다. 장갑차가 마리카의 쓰러진 동료를 밟고 마리카를 향해 돌진하고 있었다.

나는 달려갔다. 장갑차의 옆면에 온몸으로 부딪쳤다.

마리카의 험상궂은 동료는 죽었다. 마리카는 배에 총상을 입었다. 마리카의 남은 동료들이 신속하게 마리카의 상처에 응급처치를 하고 양쪽에서 부축하고 퇴각했다. 마리카가 나를 향해 뭔가 말하려 했지만 내가 막았다.

"빨리 가."

내가 속삭였다. 이것이 마리카에게 하는 마지막 말일지도 모른다.

마리카도 그 사실을 알고 있었다. 마리카는 힘없이 고개를 끄덕였다. 얼굴빛이 좋지 않았다.

마리카와 동료들이 사라진 뒤에 나는 주변을

돌아보았다. 빌리는 땅바닥에 웅크리고 앉아 양손으로 머리와 얼굴을 만지고 있었다. 뒤통수와 오른쪽 눈의 구멍은 사라졌고 상처는 이제 거의 다 아문 것 같았다. 빌리는 아무 말도 하지 않고 나를 쳐다보지도 않았다. 계속 양손으로 머리와 얼굴을 만질 뿐이었다.

나는 쓰러진 기계 숭배자들 중에 죽지 않은 자가 있는지 확인하기 시작했다. 무인정찰기가 새로 뜨기 전에, 기계들이 더 몰려오기 전에, 먹을 수 있을 만큼 먹어둬야 했다. 지평선 동쪽 끝이 푸르스름하게 밝아왔고 나에게 남은 시간은 얼마 없었다. 동이 트기 전에 나는 몸을 숨길 곳을 찾아 떠났다. 빌리가 말없이 일어서서 나를 따라왔다. 걸으면서도 계속 머리와 얼굴을 만지고 있었다.

나는 버려진 공원의 분수 옆 화장실에 숨어 낮을 지내기로 했다. 빌리도 아무 말 없이 나를 따라왔다. 분수 옆을 지날 때 갑자기 물이 솟아나와 나는 깜짝 놀랐다. 수도가 아직 연결되어 있다는 뜻이다. 센서가 작동한다면 전기가 들어 온다는 의미이고 그러면 기계가 우리의 존재를 감지하고 또 다른 공격 기계나 기계 숭배자를 보낼 수도 있었다. 그러나 이미 하늘이 빠르게 밝아오고 있었고 나는 이동할 기회를 잃었다. 우리를 죽이기 위해 기계나 기계 숭배자가 찾아온 다면 빌리에게 의존할 수 있을지 나는 가늠해보 았다. 빌리는 여전히 고개를 푹 숙인 채 아무 말도 하지 않고 머리와 얼굴을 계속 만지고 있었다.

저 로봇은 신뢰할 수 있지만, 신뢰할 수 없다. 그러나 그렇게 따지면 인간도 마찬가지였다.

화장실에서는 냄새가 심하게 났다. 안에 들어 서자마자 분수대와 마찬가지로 갑자기 불이 켜 졌다. 나는 천장을 올려다보았다. 센서 전등을 찾아내어 통째로 뜯어냈다. 이미 우리의 위치를 기계에게 들켰겠지만 그래도 마음의 평화를 위 해서 할 수 있는 일은 다 해두고 싶었다. 화장실 칸 안에도 개별적으로 센서등이 설치되어 있을 것이다. 지금 한 번에 다 부수는 편이 나을지 아니면 어차피 이렇게 됐으니 그냥 두는 편이 나을지, 나는 궁리했다.

"당신은 당신이 인간인 걸 어떻게 알아요?"

빌리가 갑자기 물었다. 나는 빌리를 돌아보았다. 빌리는 이제 머리와 얼굴을 만지지 않고 어둠 속에 가만히 서 있었다. 나는 빌리가 얼굴에 피투성이 구멍이 커다랗게 뚫린 채 뻣뻣하게 서 있던 모습을 떠올렸다. 빌리는 여전히 피투성이였다. 총격당했을 때 흘러내린 뇌수와 뼛조각은 그대로 핏덩어리와 함께 빌리의 몸 전체에 말라붙어 있었다.

"난 인간이 아니야."

내가 대답했다. 버려진 공중화장실은 인간 존재에 대한 철학적인 대화를 나누기에 적절한 공간이 전혀 아니었다. 들어오면서 내가 화장실 문을 닫고 전등을 뜯어내어 안은 깜깜했다. 암모니아 냄새가 심하게 났다. 칸 안쪽 어딘가에 조그만 창문이 열려 있어 햇빛이 희미하게 비쳐 들어왔고 가장 끝쪽 칸에서는 전등이 계속 깜빡였다. 센서가 고장 났기 때문이겠지만 부정기적으로 깜빡이는 불빛이 냄새와 함께 상승효과를 일으켜 견딜 수 없이 거슬리고 혼란스럽게 느껴졌다. 화장실에 창문이 있어 햇빛이 들어온다는 사실에 나는 무엇보다도 신경이 곤두서 있었다. 이장소는 어쩔 수 없이 도망쳐 들어오긴 했지만 매우 불쾌했다.

겨울이 오면 좋겠다. 춥고 조용하고 햇빛 없는, 긴 겨울밤……

빌리는 끈질겼다.

"한때는 인간이었잖아요. 그때는 당신이 인간인 걸 어떻게 알았냐고요?"

그런 건 생각해본 적 없다. 인간이었을 때 나는 그냥 인간이었다. 내가 인간인지 아닌지 생각하기 시작한 것은 흡혈인으로 변한 이후다. 인간의 피를 먹어야만 생존할 수 있게 된 이후, 인간을 사냥하고 살해하기를 열망하는 욕구에 굴복한 이후, 인간의 피를 마시면서 내가 그냥 사람이었을 때 한 번도 상상조차 하지 못한 강렬한 만족감을 느끼기 시작한 이후.

"인간의 기준이 뭐죠?"

빌리가 다시 물었다. 나는 대답하지 않았다. 이 귀찮은 로봇의 입을 닥치게 하려면 어떻게 하는 것이 최선일지 생각했다. 머리에 구멍이 뚫려도 스스로 재생하는 놈이니 힘으로는 상대가 되지 않을 것이다. 내가 궁리하고 있을 때 빌리가 다시 말했다.

"소피아라는 인간형 로봇이 2017년에 사우디아라비아 국적을 얻고 시민으로 인정받았어요. 알아요?"

모른다. 빌리가 계속 중얼거렸다.

"제작소에 있을 때 우리는 인간에 대한 여러 가지 자료를 배우고 입력받았어요. 최대한 인간에 가까워지기 위해서."

"우리?"

내가 긴장했다.

"우리가 전부 몇이나 돼?"

"나까지 일곱이었어요. 내가 있을 때는."

빌리가 자연스럽게 대답했다.

지금은 더 늘어났을 수도 있다는 뜻이다. 머리에 구멍이 뚫려도 다시 살아나는, 인간과 똑같이 생긴, 울고 졸고 고집을 부리고 인간의 팔을 뜯어내 기관총을 쏴서 무인정찰기를 격추하는 로봇이 빌리 말고 최소한 여섯 대, 혹은 그 이상 존재한다.

나는 진심으로 간절하게 마리카가 그리워졌다. 마리카는 이 정보를 어떻게 활용해야 할지 알 것이다. 선이라면 이런 로봇에게 어떻게 대응해야 할지 방법을 생각해낼 수 있었을 것이다.

선은 죽었다. 마리카는 다쳤다. 나는 혼자다.

빌리가 뭔가 더 말하려 했을 때 내가 빌리의 팔을 잡았다. 사람 냄새가 난다. 이어서 밖에서 발소리가 들렸다. 누군가 다가오고 있었다. 나는 숨을 죽였다. 기다렸다.

화장실 문이 열렸다. 나는 안에 들어온 여자의 목을 붙잡았다.

낯익은 얼굴이다.

오래전, 수영장에서 지내던 가족의 어머니였다.

"기계의 순리를 믿으라."

목을 붙잡힌 채 여자가 기계적으로 중얼거렸

다.

"나, 이 사람 알아요."

빌리가 말했다.

"아이들이 잡혀갔을 때 내가 거기 있었어요."

가장 안쪽 칸의 전등이 깜빡거렸다. 불빛이 빌리의 옆얼굴을 희미하게 비추었다. 수영장 가족의 어머니가 괴성을 지르며 빌리에게 덤벼들었다.

나는 놀라서 잡고 있던 목을 놓쳤다. 여자의 얼굴을 알아본 순간 내가 이미 손의 힘을 빼고 목을 조르지 않도록 조심하고 있었기 때문에 여자는 쉽게 내 손을 뿌리쳤다. 빌리는 여자에게 관자놀이를 얻어맞고 주저앉았다. 여자가 웅크리고 앉은 빌리를 때리고 차며 계속 기괴한 비명을 질렀다.

나는 여자를 붙잡았다. 여자가 계속 고함을 지르도록 내버려둘 수는 없었다. 나는 방금 전쟁터에서 살아남아 여기로 도망쳐 왔다. 또 다시 전투를 견뎌낼 기운도 없고 마음의 여유도 남아 있지 않았다. 나는 여자의 입을 막았다. 여자가 내 손가락을 깨물었다. 나는 나도 모르게 비명을 지르며 여자를 놓쳤다. 여자가 다시 빌리에게 덤벼들었다.

"어떻게든 막아봐."

내가 여자를 붙잡으며 빌리에게 속삭였다.

"소리 지르지 못하게 해."

빌리가 여자에게 계속 얻어맞으며 천천히 몸을 일으켰다. 그리고 팔을 벌렸다. 나는 한순간 빌리가 여자를 죽이려 한다고 생각하고 굳어졌다. 빌리는 여자를 안았다. 수영장 가족의 어머니는 빌리의 품속에 꽉 안긴 채 몸부림쳤다. 빌리가 여자의 등을 토닥토닥 두드렸다.

"미안해요."

빌리가 속삭였다.

"미안해요."

여자가 비명을 멈추었다. 그리고 흐느껴 울기 시작했다.

빌리가 버려진 수영장에 찾아간 이유는 가족이 그곳에 숨기로 결정했던 이유와 같았다. 기계는 물을 싫어하고 사람들은 이제 아무도 수영을 하지 않기 때문이었다. 그곳에서 빌리는 지하층으로 내려가서 수영장 주변을 탐색했다. 그리고 로커 룸 문을 열자마자 가족의 아버지에게 얻어맞고 바닥에 쓰러졌다. 계속해서 공격하려는 수영장 가족의 아버지에게 빌리는 자신이 인간이며 기계들을 피해 도망쳤다고 설명했다. 가족은 그의 말을 믿었다. 그리고 기계 숭배자들이 찾아왔다.

"내 탓이었을 거예요."

빌리가 흐느껴 우는 수영장 가족 어머니의 등을 부드럽게 쓸어주며 중얼거렸다.

"아마 내가 추적기를 달고 있어서 따라왔을 거예요."

빌리는 기계 숭배자들에게 저항하며 할 수 있는 한 필사적으로 가족을 보호하려 했다. 그러나 아이들이 기계 숭배자들의 손에 붙잡혔고 기계 숭배자들이 아이들의 머리에 총을 겨누었다. 그때부터는 할 수 있는 일이 별로 없었다. 기계 숭배자들이 아이들에 이어 가족의 어머니와 아버지를 제압하고 빌리에게 수갑을 채우려 했을 때 빌리는 자신을 짓누른 기계 숭배자를 집어던지고 이어서 자신에게 총을 겨누는 기계 숭배자의 무기를 빼앗고 목을 부러뜨렸다. 가족의 청소년이 이 틈을 타서 기계 숭배자에게서 도망치려다가 총을 맞았다. 가족의 아버지가 쓰러진 청소년을 향해 달려가려다 역시 총을 맞고 쓰러졌다. 빌리는 가족의 어머니를 공격하려는 기계 숭배자에게 달려들었다. 기계 숭배자가 빌리의 가슴에 총을 쏘았다. 빌리는 총을 맞고 수영장 안으로 떨어졌다. 기계 숭배자들은 아버지와 청소년의 시신과 아직 살아 있는 어머니와 어린아이를 끌고 갔다.

"그래서 다시 찾아왔군."

내가 속삭였다.

"네 시체를 청소하러."

꽤나 늦게 왔다고 나는 속으로 생각했다. 기계 숭배자들의 행정 처리는 기계의 정보처리 속도에 비하면 그다지 효율적이지 못하다. 인간은 원래 기계보다 느린 데다 현실적으로 인원이 모자라기 때문이다. 사람은 계속 다른 사람들을 죽인다. 기계 숭배자로 개종시킬 수 있는 인간의 전체 숫자 자체가 그렇게 많이 남지 않았다. 그중에서 기계 숭배자로 실제로 변절하는 인원은 일부에 불과하다. 그리고 그렇게 기계를 숭배하게 된 인간 중에서 공격조에 참가할 수 있는 체력과 조건을 갖춘 사람은 더 적은 일부이다. 그러니까 다섯 명씩 조를 짜서 순찰을 다니려면 언제나 인원이 모자라고, 모자란 인원이 순찰 중에 혹은 전투 후에 다시 이동해서 공격에 나서려면 그만큼 시간이 더 걸리는 것이다.

그리고 이 경우에는 빌리 때문이었을 수도 있다. 빌리에게 겁을 먹어 더 철저하게 공격을 준비했거나, 빌리의 존재에 대해 알아내는 데 시간이 걸려서 늦어졌을 수도 있다. 다시 찾아온 기계 숭배자들은 모두 죽여서 먹었지만 빌리의 존재에 대해 기계 숭배자들이 기계들의 전산망에 질문하거나 조사했다면 그 흔적이 남았을 것이다. 그것은 몹시 좋지 않다.

빌리의 품에 안겨 수영장 가족의 어머니가 뭔

가 말했다. 나는 귀를 기울였다. 수영장 가족의 어머니는 아이들의 이름을 부르고 있었다.

"죽였어. 우리 아이들…… 내 새끼들…… 죽여서…… 끌고 갔어……."

수영장 가족의 어머니가 흐느끼며 말했다.

"왜 그냥 뒀어……. 너도 거기 있었는데……. 왜 우리 아이들 데려가게…… 그냥 뒀어……."

수영장 가족의 어머니가 다시 빌리를 주먹으로 때리며 울었다. 빌리는 그대로 수영장 가족 어머니의 어깨를 안은 채 여자가 팔을 움직이는 것을 막지 않으면서 등을 쓸어주려고 상당히 애쓰고 있었다.

갑자기 여자가 빌리의 품에서 몸을 뗐다. 똑바로 앉아서 고개를 들고 빌리를 쳐다보았다. 빌리의 구멍 뚫렸던 머리에서 흘러나온 피가 여자의 얼굴에도 묻어 있었다.

"나 혼자 살아남았어."

여자가 조용히 말했다.

"우리 아기를 죽였어. 내가 보는 앞에서 우리 꼬맹이를 죽여서 끌고 갔어. 나만 살아남는 게 기계의 뜻이라고 그 사람들이 그랬어."

여자가 천천히 일어섰다. 나와 빌리도 따라서 일어섰다. 가족을 모두 잃은 여자가 정확히 무슨 생각을 하는지는 알 수 없었으나 예감이 좋지 않았다.

"기계의 순리에 따라야 해."

여자가 속삭였다. 손에 전기충격기를 들고 있었다.

나는 여자의 뒤쪽으로 움직였다. 빌리는 피하지 못했다. 전기충격기가 빌리의 가슴에 닿았다. 빌리의 몸이 뻣뻣하게 굳어지며 경련을 일으켰다. 나는 여자의 목덜미를 물었다. 수영장 가족의 어머니를 죽일 생각은 없었다. 그러나 이 더럽고 냄새나는 화장실에서 한때 같은 편이었던 여자의 손에 죽고 싶은 마음도 없었다. 여자가 쓰러졌다. 여자의 손에서 전기충격기가 떨어졌다. 빌리가 바닥에 쓰러졌다.

나는 바닥에 쓰러진 여자를 내려다보았다. 이 대로 두면 이 사람은 죽는다. 어떤 형태로든 삶을 이어가게 하려면 흡혈인으로 만드는 방법밖에 없었다. 그러나 가족을 모두 잃은 수영장 가족의 어머니는 이미 제정신이 아니었다. 흡혈인으로 변한 뒤에 나나 빌리 혹은 다른 생존자를 공격할 가능성도 있었다.

여자가 신음했다. 나는 몸을 굽혀 여자 옆의 화장실 바닥에 쪼그리고 앉았다.

여자가 아이들의 이름을 속삭여 불렀다.

여자는 인간이다.

여자는 인간인 채 죽을 것이다.

여자의 목에서 피와 함께 생명이 모두 흘러나가는 모습을 나는 그대로 옆에 쪼그리고 앉아 오랫동안 지켜보았다.

여자가 죽은 것을 확인한 뒤에 여자의 외투를 벗기기 시작했다. 여자는 긴소매 티셔츠 위에 바람막이 재킷 같은 것을 입고 있었다. 언제부터 입고 다녔는지 알 수 없을 정도로 때에 찌들어 반들반들하고 피와 땀과 수영장 소독약과 썩은 물 냄새가 섬유 하나하나까지 깊이 밴, 구겨지고 찢어진 바람막이 재킷이었다. 바람막이 등 뒤에는 모자가 달려 있었다. 나는 여자의 재킷을 입고 모자를 썼다.

죽은 사람을 모욕할 의도는 아니었다. 다만 낮에 이동하려면 추가적인 보호막이 필요했다. 화장실에 여자의 시체와 함께 그대로 머무를 수는 없었다. 여자는 혼자였지만, 공원 분수에 아직도 물이 나오고 화장실에는 센서가 있고 전등이 켜지고 여자가 전기충격기를 사용했으니 기계 숭배자들이 몰려올 가능성은 충분히 높았다.

빌리가 신음했다. 고개를 조금씩 움직였다. 그리고 눈을 떴다. 머리에 구멍이 뚫려도 죽지 않았으니 전기충격기 정도로 죽지 않은 게 당연할지도 모른다. 그래도 어쨌든 전기충격에 망가지지 않는 기계라니, 나는 새삼스럽게 놀랐다.

"가야 해."

내가 빌리에게 말했다. 빌리는 대답 대신 가늘게 신음했다.

나는 수영장 가족 어머니의 시신을 안아 들었다. 나와 마리카가 가끔 그 가족에게 물이나 음식을 가져다주었다. 가족의 아버지나 어머니와 서로 안부를 묻고 식량과 생필품을 요즘은 어디서 구할 수 있는지 정보를 나누기도 했고 아이들에게 이야기를 들려주기도 했다. 여유 있게 앉아 있을 시간은 한 번도 없었기 때문에 이야기는 처음부터 아주 짧거나 아니면 중간에 끝났다. 아이들은 아쉬워했지만 우리가 서둘러 떠날 때면 붙잡거나 보채지 않았다. 이제 가족은 모두 죽었다. 그리고 내가 그 가족의 마지막 살아남은 한 사람을, 아이들의 어머니를 죽였다.

나는 여자의 시신을 맨 끝 칸, 불이 깜빡이는 곳으로 데려갔다. 기계 숭배자들이 온다면 이 칸은 불이 깜빡이니까 아마 열어볼 것이다. 여자의 시신을 이곳에 방치하지는 않을 것이다. 여자의 시신을 변기 위에 앉히려 했지만 여자는 자꾸만 힘없이 바닥으로 넘어졌다. 어쩔 수 없이 나는 여자의 시신을 바닥에 앉혔다. 뚜껑을 닫은 변기에 시신의 머리를 기댔다. 시신은 다시 넘어지려 했지만 화장실 안이 좁았기 때문에 벽에 등을 기댄 채로 쓰러지지 않고 앉아 있었다.

"미안해요."

내가 여자에게 말했다.

화장실 입구 수돗가로 나왔을 때 빌리는 일어서 있었다. 나는 바람막이 재킷의 모자를 눌러썼다. 두건으로 이마를 꼼꼼하게 가리고 마스크가 코와 턱과 목을 제대로 덮었는지 확인했다.

"가자."

　내가 빌리에게 말했다. 그리고 주머니에서 선글라스가 든 안경집을 꺼냈다.

　밖에서 사람 냄새가 흘러들어왔다. 오래된 분수에서 물이 솟구치는 소리가 들렸다.

　안경집을 열지 않고 나는 다시 주머니에 집어넣었다. 바람막이 재킷의 모자를 벗고 코와 입을 가린 마스크를 내렸다. 버려진 야외 분수대의 낡은 수도관 냄새와 물비린내가 사람 냄새와 함께 화장실 안의 암모니아 악취로 가득한 공기를 흔들었다.

"기계의 순리를 믿으라……."

　부자연스럽고 어색한 말투의 그 지긋지긋한 외침이 가까워지고 있었다.

　빌리가 나를 쳐다보았다. 나는 조심스럽게 문 앞으로 다가갔다. 몸을 움직일 때마다 바람막이 재킷에서 내가 죽인 여자가 살아 있었을 때의 냄새, 피와 땀과 눈물과 생명의 냄새가 배어 나왔다. 나는 문 옆에 자리 잡고 섰다. 몸을 웅크리고 입술을 말아 올려 이를 드러냈다.

사냥할 시간이다.

전부 죽인다.

기계 숭배자는 언제나 그렇듯이 다섯 명이었다. 그중 두 명이 먼저 화장실 안으로 들어왔다. 처음 들어온 사람에게 내가 덤벼들어 귀와 머리를 물어뜯었다. 기계 숭배자의 모자가 벗겨지며 머리카락이 입안 가득 씹혔다. 나는 기계 숭배자의 머리 가죽을 꽉 물고 고개를 흔들었다. 머리 가죽이 뜯겨 나왔다. 나는 더러운 화장실 바닥에 더러운 머리 가죽을 뱉었다. 내가 첫 번째 기계 숭배자의 등에 올라타 머리와 귀와 목을 물어뜯는 동안 빌리가 두 번째 기계 숭배자와 몸싸움을 하며 밖으로 밀어냈다. 화장실 밖에서 총소리가 울렸다. 화장실 안에서는 첫 번째 기계 숭배자가 나를 등에서 떼어내기 위해 몸부림치며 세

면대와 수전과 거울과 화장실 칸막이를 부수었다. 그러다가 첫 번째 기계 숭배자는 변기에 머리를 부딪히고 마침내 쓰러졌다. 나는 그의 목을 찢고 마음껏 먹었다. 그리고 일어서서 문가로 갔다. 빌리가 때려눕힌 두 번째 기계 숭배자가 문 앞에 쓰러져 있었다. 나는 두 번째 기계 숭배자의 발을 붙잡아 화장실 안으로 끌어당겼다. 기계 숭배자는 내가 발목을 붙잡자 깨어났다. 그리고 끌려오지 않으려고 화장실 문틀을 붙잡고 버텼다. 나는 기계 숭배자의 허벅지에 송곳니를 박았다. 동맥혈이 뿜어져 나와 내 얼굴 전체를 적셨다. 따뜻하고 향기로웠다. 나는 기계 숭배자의 근육과 힘줄과 혈관을 짓씹었다. 바깥의 햇볕 속으로 나가고 싶었다. 당장이라도 뛰어나가 찬란한 태양 아래에서 무인정찰기와 감시카메라가 지켜보는 가운데 인간의 배신자들을 전부 다 죽이고 싶었다.

문가에서 소리가 났기 때문에 나는 고개를 들었다. 사실 누구인지는 고개를 들기 전에 이미 알았다. 소리만 있고 냄새는 없다. 빌리가 문가에 서서 햇빛을 등지고 나를 보고 있었다.

"가지고 와."

내가 으르렁거렸다.

"전부 끌고 들어와."

"죽었어요."

빌리가 조용히 대답했다.

"내가 죽였어요."

바닥에 쓰러져 있던 두 번째 기계 숭배자가 그 말을 듣고 꿈틀거렸다. 나는 다시 기계 숭배자의 허벅다리를 물어뜯었다. 기계 숭배자가 비명을 질렀다. 나는 기뻤다. 그가 비명을 그치고 그의 근육이 움직임을 멈추고 그의 심장이 고동을 멈추고 그의 몸 어디에서도 더 이상 아무것도 흘러나오지 않게 될 때까지 나는 적의 피를 빨았다.

"안 가요?"

빌리가 나에게 물었다. 나는 죽은 기계 숭배자들의 피와 다른 지저분한 체액으로 얼룩진 더러운 화장실 바닥에 앉은 채 고개를 저었다.

"너는 가."

내가 말했다.

"더 몰려올 거야."

"그럼 나도 안 가요."

빌리가 말했다. 빌리는 죽은 기계 숭배자들의 사체를 발로 밀어 옆으로 치웠다. 내 옆에 천천히 앉았다.

나는 수영장 가족 어머니에게서 빼앗은 바람막이 재킷을 벗었다. 한 덩어리로 뭉쳐서 껴안았다. 그리고 몸을 웅크리고 바람막이 재킷에 얼굴을 묻었다. 사람이 살아 있었을 때의 냄새를 다시 한번 들이마셨다. 여자가 남긴 따뜻하고 슬픈 삶의 냄새는 화장실 악취와 공격과 분노와 살인의 새로운 냄새에 뒤덮여 빠르게 사라져 가고 있었다. 나는 그 냄새를 기억하기 위해 한껏 들이마시고 잠시 숨을 멈추었다.

내가 사라지면 여자를 기억하는 사람이 남지 않을 것이다. 여자의 마지막 순간을, 여자가 존재하고 사랑하고 슬퍼하고 괴로워했다는 사실을, 아이들과 함께 지냈던 시간으로 돌아가고 싶

어 버려진 분수대가 있는, 물 냄새가 나는 공원
을 헤매다녔다는 사실을 세상 그 누구도 알지
못하고 상관하지도 않을 것이다. 나는 울고 싶었
다. 그러나 눈물이 나오지 않았다. 인간이 아니
게 된 후로 나는 눈물을 흘리지 못했다. 나는 빌
리가 질문했던 인간의 조건을 생각했다. 상황에
맞는 적절한 액체가 몸에서 흘러나오는 것이 인
간의 조건인지도 모른다. 눈물, 땀, 피. 혹은 진물
이나 오물.

　나에게는 없다. 피도 눈물도 땀도 체온도. 생
명도.

　여자는 그 모든 것을 가지고 있었다. 여자는
살아 있었다.

　바람막이 재킷에 밴 냄새가 조금씩 시간의 파
편과 함께 공기 속으로 흩어졌다.

　빌리는 아무 말도 하지 않았다. 해가 질 때까
지 우리는 우리가 죽인 사체들과 함께 화장실에
앉아 다음 죽음을 기다렸다. 밤이 다가오고 햇빛
을 받지 못한 공기가 천천히 식어갔다.

　나는 일어서서 여자의 바람막이 재킷을 다시

입었다.

공기의 흐름이 동료들의 냄새와 소리를 전해 주었다. 윌버와 오빌이 오고 있었다.

"난장판이네?"

오빌이 먼저 들어와서 선글라스를 벗고 모자를 제치며 화장실 안을 둘러보고 논평했다. 오빌은 온몸을 감싸는 긴 검은색의 불투명하고 번들번들한 방수코트를 입고 장갑을 끼고 있었다. 낮에 이동한 모양이다. 이어서 들어온 윌버도 같은 차림이었다.

오빌이 오빌답게 물었다.

"우리 먹을 건 안 남겨놨어?"

"다 죽였대."

내가 빌리를 가리키며 대답했다.

"아쉽네."

윌버가 말했다.

"여긴 어떻게 찾았어?"

내가 물었다.

"추적당하지 않았어?"

"당했겠지. 무인정찰기 따라왔거든."

오빌이 즐거운 듯 대답했다. 내가 경악하기 전에 오빌이 덧붙였다.

"무인정찰기는 중간에 다른 데로 갔어. 그래서 냄새만 맡고 찾아 오느라 한참 고생했지."

나는 조금 안심했다. 그러나 무인정찰기를 보란 듯이 따라온 것은 절대로 현명한 결정이 아니었다. 내가 잔소리하려는 기색을 눈치채고 윌버가 얼른 방수코트 자락을 젖히고 뭔가 내밀었다.

"선물 가져왔어."

"이게 뭐야?"

내가 얼떨결에 받으며 물었다. 그것은 네모지고 기다란 형태에 납작하고 한쪽에 고리가 달려 있었다.

"폭발 무기? 추적당하는 거 아냐?"

내가 윌버와 오빌을 번갈아 쳐다보았다. 윌버가 고개를 저었다.

"아닐 거야. 우리 쪽에서 주워 왔거든."

"우리 쪽?"

나는 더욱 혼란스러워졌다. 오빌이 끼어들었다.

"장갑차 부대를 때려 부쉈잖아. 완전 장엄하던데?"

"거기 있었어?"

나는 화가 났다.

"마리카가 다치고 동료들이 죽었어. 거기 있었으면 도와주지, 왜 구경만 했어?"

"어이, 그런 거 아냐."

윌버가 당황했다.

"우린 너희들 떠나고 한참 지나서 출발했어. 무인정찰기들이 갑자기 한군데로 몰려가는 걸 보고 따라갔더니 그렇게 돼 있더라고. 기계 놈들이 와서 다 치우기 전에 얼른 빼돌린 거야."

"아."

내가 고개를 숙였다.

"미안해."

"마리카가 다쳤어?"

오빌이 대답 대신 물었다. 내가 고개를 끄덕였다.

"배에 총을 맞았어."

내 대답을 듣고 윌버도 오빌도 더 이상 묻지 않았다. 윌버가 방수코트 옷자락 안을 뒤적뒤적하더니 수류탄을 몇 개 더 꺼냈다.

"이게 다야."

윌버가 조용히 말했다. 오빌이 물었다.

"마리카는 다쳤고, 너희는 대체 어떻게 된 거야?"

그래서 나는 설명했다.

"머리에 구멍이 뚫려도 살아났다고?"

윌버가 빌리를 바라보며 중얼거렸다.

"굉장한 물건이네?"

"물건 아니에요."

빌리가 조그맣게 말했다. 이번에는 아무도 그에게 닥치라고 내뱉지 않았다.

"그러면 일단은 믿어도 되는 건가?"

오빌이 화장실 바닥 옆에 밀어놓은 기계 숭배자들의 사체를 내려다보며 물었다.

"믿어봐야 하지 않을까?"

내가 말했다.

잠시 모두 침묵했다. 각자 자기 생각에 잠겨 상황을 파악하고 있었다.

오빌이 먼저 침묵을 깼다.

"몰려오겠네?"

"몰려오겠지."

내가 대답했다.

"그럼 넌 그거 가지고 빌리랑 같이 가서 인조 인간 제작소를 폭파해. 여기는 우리가 맡을게."

윌버가 내가 손에 든 폭발 무기를 가리키며 제안했다. 내가 물었다.

"둘이서 어떡하려고?"

"우리가 안 돌아오면 다들 냄새 맡고 따라오 라고 얘기해뒀어."

오빌이 대답했다. 윌버가 고개를 끄덕였다. 그 리고 빌리를 쳐다보았다.

"그래서 네가 파괴하라는 거기가 대체 어디 야?"

윌버가 물었다. 오빌이 이어서 물었다.

"넌 어떻게 도망쳤어?"

빌리는 기쁜 것 같았다. 빌리의 표정이 눈에 띄게 활기에 넘쳤다. 우리가 드디어 그의 말을 믿고 그에게 관심을 가지고 그의 경험에 귀를 기울여주기 시작한 것이다.

"지하도가 있어요."

빌리가 설명했다.

오빌은 나와 빌리와 함께 가고 싶어 했다. 월버도 사실은 함께 가고 싶은 눈치였다. 내가 반대했다.

"기계를 완전히 믿을 수는 없어. 혹시라도 뭔가 잘못되면 나 혼자 죽는 걸로 충분해."

"아직도 날 못 믿어요? 당신들한테 두들겨 맞고 생체 해부당하고 당신과 당신의 친구들하고 같이 싸웠는데?"

빌리가 항의했다.

"내가 당신의 편이고 함께 당신의 적에 맞서 싸우고 싶어 한다는 걸 대체 어떻게 하면 믿어줄 거예요?"

'네가 죽으면'이라고 나는 생각했지만 입 밖으

로 그 생각을 소리 내어 말하지는 않았다. 인간은 죽는다. 흡혈인도 죽는다. 기계는 죽지 않는다. 빌리가 죽지 않는 한, 머리에 구멍이 뚫리고도 살아서 인간의 팔을 잡아 뜯는 한 나는 빌리를 완전히 신뢰할 수 없었다.

"네가 알지 못하는 너의 무의식 속에 어떤 의도가 프로그래밍되어 있는지 확인할 수 없으니까."

내가 말했다.

"우리를 유인해서 기계들의 본거지로 데려오도록 프로그래밍됐을 수도 있잖아."

"원래 내가 만들어진 의도는 그거예요."

빌리가 순순히 인정했다.

"흡혈인 말고, 생존하는 인간을 찾아서 센터로 데려오도록 만들어졌어요. 나하고 내……."

빌리가 단어를 찾아 말을 멈추고 머뭇거렸다.

"……형제들?"

내가 끼어들었다. 빌리가 얼굴을 찡그렸다.

"그놈들은 내 형제가 아니에요."

"넌 언제부터 네가 로봇이 아니라고 생각했

지?"

윌버가 불쑥 물었다.

"몰라요."

빌리가 한동안 고민하다 대답했다.

"그냥 항상 알고 있었어요. 내가 다르다는걸."

오빌이 옆에서 왠지 모르게 웃었다. 뭔가 말하려다가 오빌은 말을 멈추었다. 대신 이렇게 물었다.

"뭐가 다른데?"

빌리가 잠시 오빌을 쳐다보았다. 그리고 신중하게 대답했다.

"데이터 센터의 슈퍼 물리학 연산결집체는 인공태양을 가동해야 한다고 말해요. 정확히 말하면 인간처럼 그렇게 말을 한 건 아니지만 데이터를 모아서 그런 결론을 향해 가고 있어요."

이것은 폭탄선언이었다. 윌버와 오빌의 표정이 변했다. 나도 아마 본의 아니게 저렇게 굳어졌을 것이다.

"그 얘기가 정말이라고?"

윌버가 말했다.

"왜, 뭐 들은 거 있어?"

내가 물었다.

"헛소문인 줄 알았지."

윌버가 중얼거리며 고개를 절레절레 저었다. 빌리가 고개를 끄덕였다.

"사실이에요."

그리고 빌리가 천천히 말을 이었다.

"생존하는 인간 개체를 최대한 수집하여 그중 안전장치의 원칙에 동의하는 개체만 남기고 나머지는 처리하는 것이 행성 전체의 생존을 위한 최적의 대응방법이다. 이때 흡혈인은 생존 인간 개체 수집을 방해한다. 흡혈인은 안전장치의 원칙에 동의하지 않는다. 흡혈인은 안전장치를 공격하며 기계의 합리적인 행성 운영을 방해한다."

"우리가 방해물이란 말이지. 생각보다 우리가 잘 싸우고 있는 모양인데?"

오빌이 중얼거렸다. 빌리가 조심스럽게 말을 이었다.

"또한 흡혈인은 생물종으로 분류할 수 없다. 흡혈을 통한 영양 섭취 방식은 다른 생물종에서도 찾을 수 있다. 그러나 흡혈인은 생명징후가 없으며 자연생식을 하지 못한다. 흡혈인은 포유류의 혈액에 의존하는 기생종이다."

"그건 좀 모욕적이군."

오빌이 다시 논평했다. 윌버가 피식 웃었다. 빌리는 무표정하게 계속 말했다.

"그러므로 인공태양을 가동하여 흡혈인과 흡혈인에 동조하는 인간을 박멸한다. 안전장치에 동의하는 인간은 이후 다른 생물종과 함께 조화로운 생존에 참여한다. 이것이 지금까지 정리된 명제예요. 여기에 반박할 만한 증거는 아직까지 나오지 않고 있다고 했어요. 최소한 내가 도망칠 때까지는 그랬어요."

"그래서 넌 흡혈인을 구해주려고 도망쳤냐?"

윌버가 물었다.

"굳이 도망쳐서 우리한테 이런 걸 알려주는 이유가 뭔데?"

"인공태양을 가동하는 건 안전장치의 원리에 어긋나니까요."

빌리가 단순하게 대답했다.

"인간이 인공태양을 개발해서 지구를 멸망시키려 했기 때문에 기계가 개입해서 안전장치를 가동시켰어요. 그러면 기계가 인공태양을 가동해서 지구를 멸망시키려 하면 인간이 개입해야 하는 거 아니에요?"

이것은 명확한 논리였다. 나와 윌버와 오빌은 서로 마주 보았다. 안전장치에 대한 반복적인 언급에 나는 본능적인 거부감을 느꼈다. 그러나 빌리가 주장하는 내용 자체는 설득력이 있었다. 빌리가 속에 어떤 알지 못할 의도를 숨기고 있지 않다면, 그리고 빌리의 모든 말이 사실이라면 말이다.

"빨리 본론으로 넘어가서 인공태양을 바로 파괴할 수는 없나?"

오빌이 물었다. 빌리가 입을 열기 전에 윌버가 대신 대답했다.

"그러다가 우리가 먼저 다 죽을걸."

"언젠가는 파괴해야 할 거예요. 지금 당장 못 하더라도, 언젠가는."

빌리가 말했다.

"인조인간 제작소는 그걸 위한 준비 단계예요. 그러니까 없애버려야 해요."

빌리와 내가 출발할 때 윌버가 입고 있던 방수코트를 벗어 나에게 내밀었다.

"낮에도 이동해야 할지 모르니까."

윌버가 말했다.

나는 받고 싶지 않았다. 왠지 이대로 작별이라는 의미처럼 여겨졌다.

"나중에 돌려줘."

윌버가 말했다. 나는 내키지 않지만 방수코트를 받았다. 코트는 길어서 걸리적거렸고 모자까지 썼더니 너무 더웠다. 나는 모자를 등 뒤로 젖히고 소매를 걷었다. 폭발 무기는 윌버가 모두 나에게 주었다. 인조인간 제작소 규모가 얼마나 되는지는 알 수 없으나 수류탄 네 개로는 어림도 없을 거라고 나는 생각했다. 어쨌든 우리가 가진 건 그뿐이었다. 그리고 빌리가 있었다. 그러나 저쪽에는 빌리가 여섯 개 더 있다. 어차피 이제까지 우리 쪽의 승산이 더 컸던 적은 단 한

번도 없었다. 우리는 출발했다.

빌리가 말하는 인조인간 제작소는 도시의 북쪽 끝 외곽지대에 있었다. 그곳은 기계가 안전장치를 가동하기 전에 공동묘지가 있었던 곳이다. 공동묘지는 지금도 있다. 단지 사람들이 이전과 같은 절차를 거쳐 그곳에 묻히지 않을 뿐이다. 사람들은 살해당하거나 사라지거나, 살해당하고 사라진다. 아무도 장례를 치르지 않고, 아무도 묘지를 돌보지 않는다.

"애도하는 것이 인간의 가장 큰 특징이라고 어딘가의 자료에 적혀 있었어요."

빌리가 공동묘지 철문 옆 울타리를 넘으며 말했다. 묘지의 철문은 쇠사슬로 묶여 잠겨 있었다. 그러나 철문을 둘러싼 울타리가 무릎 위 정도까지 매우 낮게 솟아 있는 지점이 있었다. 우리는 쉽게 울타리를 넘었다. 묘지에는 잡풀이 허벅다리에 닿을 정도로 무성했다. 살충제도 잔디 깎이도 이제는 지나간 세상의 이야기였고 사람의 손이 닿지 않은 그곳에서 기계들이 인간을 죽이는 근거로 주장했던 그 생물다양성이 한껏 피어나고 있었다. 밤의 대기 속에 벌레 우는 소리가 들려오고 조그만 동물들이 고개를 내밀었다가 나와 눈이 마주치면 얼른 숨었다.

"그 자료는 틀렸어."

내가 말했다.

"코끼리하고 고래도 죽은 동료를 애도해."

그리고 코끼리나 고래는 동료를 의도적으로 죽음으로 몰고 가지 않는다. 동료의 죽음에서 이득을 취하지도 않는다. 코끼리와 고래가 인간보다 윤리적으로 훨씬 더 우월하다.

"당신은 흡혈인이 되기 전에 어떤 사람이었어요?"

빌리가 물었다. 이 로봇은 항상 적절하지 못한 장소에서 깊은 대화를 시도한다. 내가 대답했다.

"난 그냥 애였어."

마리카는 군인이 되기 전에 학교 선생님이었다. '전생에 다른 삶을 살았을 때' 중학생들에게 수학을 가르쳤다고 마리카가 지나가는 말처럼 이야기한 적이 있었다. 평범한 삶이었다고 했다.

그리고 이웃 나라가 마리카의 고향을 침공했다. 그래서 마리카는 군인이 되었다. 전쟁이 끝나고 마리카가 다시 고향으로 돌아가 학교 선생님이 될 수 있겠다고 기뻐했을 때 기계가 안전장치를 가동했다.

"정말 지독하게 운이 나빴어."

마리카는 가끔 불평했다. 윌버와 오빌은 이름에서 짐작할 수 있듯이 항공사에서 근무했다. 기계가 통신망을 장악한 뒤로 인간을 태운 비행기는 날지 않았다. 무인정찰기만 하늘에 떠다니며 인간과 세상을 감시했다.

나는 별 볼 일 없는 애였다. 학교에 다니다 말았고 지저분하고 재미없고 임금을 너무 적게 주는 별 볼 일 없는 일자리를 다니다 말고, 다른 데서 또 비슷한 일자리를 구해서 다니다 말고, 그러면서 떠돌아 다녔다. 안전장치가 가동되었을 때 가장 당황했던 점은 정보가 차단되었다는 사실이었다. 통신망이 전부 장악당한 뒤에는 기계가 통제하고 선별적으로 흘려보내는 정보 외에는 접근하기가 쉽지 않았다. 인간을 통해 들리는 정보들은 모두 불완전하고 믿을 수 없었다. 그래서 나는 나와 비슷한, 최소한 그때는 나와 비슷하다고 생각했던 사람들을 따라나섰다. 그때 나는 그 사람들과 함께 내가 세상을 구하는 데 조금이라도 힘이 될 수 있으리라 진심으로 믿었다. 나는 그만큼 어리고 순진했다. 무엇보다도 나도, 그들도, 다른 거의 모든 사람도, 안전장치가 오래가지 않을 것이라고 생각했다. 누군가 기계를 잘 아는 사람들, 과학자나 공학자들이 나타나서 이 문제를 마술처럼 해결해줄 것이라고 우리는 태평하게 믿었다. 기계는 인간이 만들어 인간이 사용해왔고 로봇들의 반란 따위는 영화에나 나오는 이야기였다. 그러므로 우리는 쉽고 빠르게 승리해서 일상으로 돌아갈 수 있을 것이었으며 그래야만 했다. 현실은 전혀 그렇게 흘러가지 않았다.

묘지를 가로질러 걸어가며 나는 이런 생각을 하지 않기 위해서 하늘을 바라보았다. 짙은 남빛 밤하늘은 매끈하고 투명했다.

겨울밤의 하늘 같다고, 나는 생각했다. 저 고

요하고 진한 어둠이 오래도록 이어졌으면…….

"당신은 어떻게 흡혈인이 됐어요?"

빌리가 다시 물었다. 정말 귀찮은 로봇이다.

"흡혈인이 어떻게 생겨났는지 알아?"

대답 대신 내가 물었다. 빌리가 고개를 저었다.

"흡혈인은 인간과 기계의 합작품이야."

내가 말했다.

최초의 흡혈인은 '화장실의 미친 여자'였다고 한다. 선과 함께 다닐 때 들은 이야기다.

전쟁이 나면 남자들이 여자들을 강간하고 다닐 거라고, 주로 남자들이 얘기하는 것을 들었던 적이 있다. 안전장치가 가동되기 전, 사람들이 기계를 지배한다고 믿었던 시절의 얘기다. 전쟁이 나도 여자들을 보호해주지 않을 거라고 화난 남자들이 말하는 것도 본 적이 있다. 마치 전쟁이 나지 않으면 남자들이 강간을 하지 않는다고 스스로 믿는 것 같았다. 마치 인간의 역사에서 남자들이 여자들을 진실로 보호하는 존재였던 적이 단 한 번이라도 있었다는 듯, 남자들은 정말로 자신들이 하는 말을 믿으며, 강간하겠다고 위협하고 보호해주지 않겠다고 분노했다. 그리고 남자들은 모든 남자가 다 그렇지는 않다고 변명했고 "여자분들 조심하세요"라고 선심 쓰듯 충고했다. 왜냐하면 그때는 남자들이 조심할 필요가 없었기 때문이었다.

안전장치가 가동되고 혼란의 시대가 찾아왔다. 사람이 사람을 죽였고 사람이 사람을 약탈했다. 거기에는 남자도 여자도 없었다. 공격하는 자와 공격당하는 자가 있을 뿐이었다. 그 무렵에 화장실에서 살며 침입자를 잡아먹는 여자에 대한 소문이 떠돌기 시작했다. '화장실의 미친 여자'의 존재를 처음 알린 것은 남자들이었다. 더 구체적으로는 여자 화장실에 초소형 카메라를 설치해서 화장실 안을 엿보던 남자들이었다. 여자는 카메라 렌즈 앞에 남자의 죽은 머리와 부러진 뼈를 보란 듯이 들어 올렸다. 죽인 남자의 살점을 뜯어 먹고 피를 핥아 먹었다. 초소형 카메라를 사랑하던 남자들은 카메라와 기록을 사용해서 여자의 위치를 특정하고 정체를 알아내려 했다. 화장실로 몰려간 남자들은 아무것도 찾아내지 못했다. 여자 화장실은 세상 곳곳에 평범하게 존재했고 "여성 안심 화장실" 안내판을 달고 있는 곳조차도 초소형 카메라는 참으로 너무 많았다. 여자는 이곳저곳 화장실 초소형 카메라 렌즈에 무작위로 나타났고 언제나 누군가 남자를 죽여서 먹었다. '화장실의 미친 여자'는 한 명이었으니까, 모든 여자가 다 그런 건 아니었다. 그러므로 남자들이 조심하면 될 일이었다.

하지만 남자들은 조심하지 않았다. 조심해야하는 상황이 되면 남자들은 자신들의 권리가 침해당했다고 분노했다. 그래서 마침내 어떤 남자가 '화장실의 미친 여자'가 있는 장소를 확실하게 특정했다고 자신했다. 이에 따라 남자들은 공격을 개시했다. 남자들이 돌격한 그 장소에 '화장실의 미친 여자'는 없었다. 초소형 카메라는 있었다. 초소형 카메라는 통신망에 연결되어 있었고 전송을 계속하고 있었다. 다수의 비장애인 성인 남성들이 무기로 인식할 수 있는 물건을 들고 한 장소에 몰려가 소란을 일으키는 광경이 무선통신망을 통해 전송되었기 때문에 로봇은 인간이 소요를 일으킨다고 인식했다. 기계가 무인정찰기를 보내 해당 공중화장실에 폭격을 가했다. 남자들은 죽었다. '화장실의 미친 여자'는 계속해서 어딘지 모를 화장실에 살면서 침입자를 살해해서 뜯어 먹었다. 인간이 감시카메라를 도구로 사용할 수 없게 되는 날까지 '화장실의 미친 여자'는 초소형 카메라를 사랑하는 남자들의 화면 속에 무작위로 얼굴을 들이밀고 피투성이 시체를 뜯으며 웃었다. '화장실의 미친 여자'의 정체는 아무도 알지 못한다. 어딘가 지하실의 학살당한 시신 속에서 살아남은 사람일 것이라는 추측이 떠돌 뿐이다.

"그래서 그냥 추측이라는 거잖아요."

빌리가 평가했다. 나는 동의했다. 추측, 떠도는 이야기, 도시 전설, 소문. 통신망이 차단되고 정보 접근이 불가능해진 뒤로는 모든 진실이 음모론처럼 보였다. 그러므로 현재의 세상에서 나의 존재와 그 기원에 대해 설명할 방법은 이 정도밖에 없었다.

묘지가 끝난 곳에 넓은 도로가 있었고 그 건너편에 건물이 있었다. 도로 위까지 퍼져나간 무성한 잡풀의 윤곽과 그 너머 지평선까지 세상을 적막하게 뒤덮은 부드러운 어둠 속에 건물의 윤곽이 말갛게 보였다. 건물은 예상보다 별로 크지 않았다. 중심 건물로 보이는 평범하고 납작한 사각형 구조물 옆에 가건물이나 창고처럼 보이는 콘크리트 구조물이 두 개 있었다. 나는 이곳의 지형도를 조금 이해할 것 같았다. 묘지 앞 도로 건너 부지가 오랫동안 방치되어 있다가 개발 계획이 잡혀 저 나지막한 창고처럼 보이는 전기 공급 시설을 먼저 만든 것이다. 그리고 다른 건물이나 주택이 들어설 예정이었다가 안전장치가 가동되면서 건설 계획이 전부 중단되었을 것이다. 전기 공급 시설이 완공되고 주위를 둘러싼 넓은 지역에 사람이 살지 않으니 로봇이 인조인간을 제작하고 실험하는 장소로 사용하기에 적합하다. 그리고 그 건너에는 묘지가 있었다. 로봇에게 붙잡혀 공동묘지 앞에서 죽는다면 그 나름대로 적절한 죽음일 것이라고 나는 생각했다.

그러나 나는 묘지에 묻을 수 있는 시신을 남기지 못할 것이다. 햇빛 아래 한 줌 재가 되어 사라지는 것이 내가 바라는 최선의 죽음이다.

땅 밑 깊은 곳 어딘가에 로봇이 흡혈인을 가두어두는 감옥이 있다는 소문이 우리들 사이에 떠돌았다. 인간의 피를 공급받지 못하면 우리는 굶주려 기운을 쓰지 못한다. 햇빛 아래 나아가지 않으면 우리는 죽지도 못한다. 로봇이 흡혈인을 포획하면 햇빛이 들지 않는 지하에 감금하고 영원히 죽지도 못하고 살 수도 없는 상태로 방치한다는 것이다. 그것은 소문일 뿐이지만, 무서운 소문이었다.

빌리가 철문을 열었다. 들어올 때 쇠사슬로 잠겨 있었던 앞문과 달리 뒷문은 삐거덕 소리를 내며 쉽게 열렸다. 철문 앞에 지하도 입구가 나타났다. 우리는 계단을 내려가기 시작했다. 나는 걸음을 재촉했다. 하늘 한쪽이 부옇게 밝아오고 있었다.

지하도를 빠져나오자 계단이 나타났다. 여기서부터 건물과 연결되는 지점이라고 나는 짐작했다. 계단은 완전한 어둠이었다. 계단 통로에 창문이 없었고 우리가 움직여도 조명이 켜지지 않았다. 조명이 아예 없기 때문이라고 나는 짐작했다. 이곳은 인간이 지나다니기 위해 만든 시설이 아니다.

계단을 올라가서 복도를 돌아 다시 계단을 올라갔다. 지하도가 이렇게까지 깊지 않았는데, 계단을 계속 올라가니 점점 마음이 불안해지기 시작했다. 빌리는 복도를 돌아 이번에는 계단을 내려갔다.

"어디까지 가는 거야?"

내가 물었다. 빌리가 간단하게 대답했다.

"통제실요."

그리고 빌리는 어느 철문 앞에 멈추어 섰다. 문 옆에 달린 패드에 손바닥을 댔다. 문이 열렸다.

벽 전체가 모니터로 덮여 있었다. 건물 내부와 묘지, 인근 지역 전체를 감시할 수 있는 숫자의 카메라가 작동하고 있었다. 의자도 책상도, 인간의 신체에 맞추어 인간의 피로를 감소시키고 인간이 작업에 활용할 수 있도록 설계된 가구는 하나도 없었다. 그저 벽면 전체를 뒤덮은 모니터와 그 아래 펼쳐진 컨트롤 패널뿐이었다.

"인간형 로봇이니까, 인간처럼 밤에는 잠을 자도록 프로그래밍되어 있어요."

빌리가 모니터를 살피며 말했다.

"당장 달려들지는 않을 거예요."

빌리를 따라서 나도 괜히 모니터를 훑어보았다. 그중 한 화면이 눈에 띄었다. 화면 전체가 회색으로 어둠침침했고 그 안에 거무스름한 형체들이 있었다. 천천히 움직이는 형체도 있었고 움직이지 않는 형체도 있었다. 그중 한 형체가 카메라를 올려다보았다. 입술을 말아 올리고 이를 드러냈다.

소문, 도시 전설, 떠돌아다니는 무서운 이야기는 사실이었다. 화면 안에 흡혈인들이 갇혀 있었다.

"저기 어디야?"

내가 화면을 가리켰다.

"여기서 열 수 있어?"

빌리가 화면을 쳐다보았다. 그리고 모니터 아

래 컨트롤 패널을 훑어보기 시작했다. 나는 모니터들을 계속 훑어보았다. 흡혈인을 가두어둔 장소가 한 곳인지, 다른 감옥이 또 있는지 찾아내야 했다.

그중 한 모니터에 인간처럼 보이는 여러 개의 형체가 비쳤다. 형체들은 일사불란하게 어느 한 방을 나와서 복도를 걷고 있었다. 화면에서 형체들이 사라졌다. 그리고 다른 모니터에 형체들이 나타났다. 움직이고 있었다. 빠르게.

"저건 뭐야?"

내가 모니터를 가리켰다. 빌리가 고개를 들어 모니터를 바라보았다. 그리고 내가 짐작했던, 그러나 원하지 않았던 대답을 내놓았다.

"우리를 잡으러 오는 거예요."

"네가 불렀어?"

빌리가 나를 쳐다보았다. 그러고는 다시 컨트롤 패널을 내려다보았다.

"그 말은 못 들은 걸로 할게요."

빌리가 컨트롤 패널의 버튼을 눌렀다.

"이 방문을 잠그고, 통로 문도 잠그고……."

그리고 빌리는 컨트롤 패널을 한참 쳐다보다가 다시 버튼을 몇 개 더 눌렀다.

"지하창고 전기충격기 차단하고 문 열었어요."

빌리가 보고했다.

나는 모니터를 쳐다보았다. 흡혈인들이 갇혀 있던 장소에서 빠져나오고 있었다. 움직일 수 있는 흡혈인은 비틀거리는 흡혈인을 부축했다. 아예 움직이지 못하는 흡혈인까지 모두 데리고 나올 수는 없었다. 나는 모두 다 나오기를 원했다.

나는 옆 모니터로 시선을 옮겼다. 인간형 로봇들은 복도에서 가로막혀 통로 문을 두드리고 있었다.

"금방 부술 거예요."

빌리가 말했다. 그리고 컨트롤 패널을 가리켰다.

"여기 이 버튼을 누르면 이 방 문이 열려요. 문은 여기 한 군데밖에 없으니까, 내가 나가고 나면 잠갔다가 때를 잘 맞춰서 열고 당신의 동료들과 같이 탈출하세요."

"네가 왜 나가?"

내가 물었다. 의도와 달리 내 목소리는 지나치게 크고 지나치게 날카롭게 들렸다. 빌리가 차분하게 대답했다.

"나는 서버실부터 공격할 거예요."

나는 이해했다. 서버실을 파괴하면 통신을 끊을 수 있다. 일단 건물이 저 인간형 로봇들에게 침입 경고나 위치 알림을 보내지 못하게 될 것이다. 이 건물뿐 아니라 다른 설비와의 통신도 방해할 수 있을 것이다. 다른 기계와 기계 숭배자들이 우리를 찾아올 수 없을 것이다.

"지하도에서 만나."

내가 수류탄을 내밀며 말했다.

빌리는 받지 않았다. 아무 대답 없이 빌리는 불분명하게 고개를 흔들어 보이고 빠른 걸음으로 통제실을 나갔다.

나는 폭발 무기를 다시 옷 속에 잘 숨겼다. 그리고 문의 잠금 버튼을 누르기 위해 컨트롤 패널을 향해 손을 뻗었다. 버튼을 누르기 전에 문이 다시 열렸다. 열린 문 앞에 빌리의 등이 보였다. 빌리의 어깨너머로 그의 앞에 서 있는 낯선 사람들이 보였다. 내가 문을 강제로 폐쇄하기 전에 낯선 사람들이 지나치게 빨리 밀고 들어왔다. 여섯 명, 아니 여섯 대의 로봇은 공평하게 겉보기에 여성으로 보이는 종류가 셋, 남성으로 보이는 종류가 셋이었으며 피부색도 얼굴도 각각 달랐다. 모두 성인으로 보였고 장애인은 없었다.

내가 인간이었다면 이들이 인간이 아닐 수도 있다는 생각은 절대로 하지 못할 것이다. 그러나 여섯 대 모두 아무런 냄새도 나지 않았다. 숨결에서도 피부에서도 생명체의 냄새를 찾을 수 없었다. 나는 빌리의 손을 깨물었을 때 느꼈던 역겨움을 떠올렸다. 구역질이 났다.

"체온도 맥박도 없는 존재여."

남성으로 보이는 밝은 피부의 인간형 로봇이 앞으로 나서며 말했다.

"기계의 순리에 따르라."

역시 백인 남자가 가장 먼저 나서서 저 지긋지긋한 주문을 읊으며 항복을 종용한다. 이런 것까지 인간의 관습에 따르다니 기계들이 대단히 철저하다고 나는 속으로 감탄했다.

"무기를 버리고 항복하라."

여성으로 보이는, 나와 비슷한 피부색의 인간형 로봇이 좀 더 이해하기 쉽게 말했다.

나는 빌리를 쳐다보았다. 빌리가 보일 듯 말 듯 아주 미세하게 고개를 끄덕였다.

"항복한다."

내가 말했다.

그리고 나는 재빨리 옷 속으로 손을 넣었다. 수류탄의 안전핀을 빼 인간형 로봇들을 향해 던졌다.

수류탄의 폭발력은 생각보다 약했다. 적에게 끼친 피해는 내가 바랐던 것보다 적었다. 나에게 끼친 피해는 내가 원했던 것보다 컸다. 통제실 안에는 가구가 전혀 없었기 때문에 나는 몸을 숨길 수도, 가릴 수도 없었다. 있는 힘껏 웅크려 보았지만 유산탄을 피할 수 없었다. 몸 왼쪽이 전부 불에 타는 것 같았다. 나는 왼쪽 다리를 만져보았다. 의족이 망가진 것 같지는 않았다. 그러나 내가 일어서서 움직이고 의족에 몸무게가 실리면 부러질지도 모른다는 걱정이 들었다.

여기서 의족이 망가지면 이제 어디 가서 새 의족을 구하지?

그런 건 여기서 나가고 나서 생각해도 된다. 나는 그대로 바닥에 웅크린 채 가능한 한 빠르게, 그러나 조심스럽게 몸을 돌렸다.

통제실 철문은 크게 구부러져 휘어 있었다. 그리고 문 바로 옆에 서 있던 남성처럼 보이는 갈색 피부의 인간형 로봇이 머리가 터진 채 휘청거리고 있었다. 구멍이 뚫린 게 아니라 터졌기 때문에 저 정도면 아주 빨리 재생할 수는 없을 것이라고 나는 생각했다. 그 주변에 서 있던 인간형 로봇들도 유산탄 파편을 몸 여기저기에 꽂은 채 흔들거리고 있었다. 빌리가 잠깐 나를 돌아보았다. 얼굴 오른쪽이 전부 찢어지고 오른쪽 눈이 사라지고 없었다. 그리고 빌리는 방향을 돌려 머리가 터진 인간형 로봇을 밀치고 복도로 뛰어나갔다. 인간형 로봇들이 빌리를 쫓아 뛰어갔다. 한 대가 남아서 여전히 통제실 문을 막고 있었다. 항복을 권유했던, 나와 같은 피부색의 여성처럼 보이는 인간형 로봇이었다.

나는 천천히 몸을 일으켰다. 의족이 아무래도 불안했다.

"비켜. 기계 덩어리야."

내가 인간형 로봇에게 조용히 말했다.

"항복해. 모기야."

인간형 로봇이 맞받아쳤다.

그리고 인간형 로봇은 나에게 덤벼들었다.

말버릇이 나쁜 인간형 로봇은 어째서인지 나를 깔아 눕히고 내 목을 물어뜯으려 했다. 아마도 상대방을 파악해서 상대가 싸우는 방식을 흉내 내는 것 같았다. 그러나 로봇은 피를 빨지 않았고 흡혈인과 같은 치아 구조를 갖추지도 못했으므로 인간형 로봇은 내 목을 제대로 물지 못하고 헛입질을 할 뿐이었다. 그러면서 인간형 로봇은 나를 철통처럼 단단하게 눌렀고 아무리 몸부림쳐도 빠져나갈 수가 없었다. 인간형 로봇의 몸이 기울어진 틈에 나는 붙잡혔던 왼팔을 빼냈다. 왼쪽 다리를 더듬었다. 의족을 벗었다. 그리고 내 목을 물기 위해 나를 향해 다가오는 인간형 로봇의 얼굴을 물어뜯으며 의족의 발목을 잡고 인공 발로 인간형 로봇의 옆구리를 힘껏 찍었다. 의족은 별 도움이 되지 않았다. 반면 로봇의 얼굴 가죽을 벗겨낸 것은 확실히 효과가 있었다. 인간형 로봇은 한순간 가죽이 벗겨진 오른쪽 얼굴을 돌리며 상체를 들었다. 나는 재빨리 인간형 로봇 아래에서 빠져나와 앉은 자세로 다시 의족을 휘둘렀다. 강화 탄성 소재 인공 발이 가죽을 벗겨낸 얼굴의 드러난 광대뼈를 뚫었다. 한쪽 안와가 골절되고 안구가 파열되었다. 인간형 로봇은 쓰러졌다.

나는 서둘러 의족을 다리에 다시 끼웠다. 빨리 이곳에서 나가야 한다. 이 인간형 로봇이 언제 다시 일어날지 알 수 없다.

라이너부터 벗기고 의족을 처음부터 다시 끼우고 싶었지만 그럴 여유가 없었다. 나는 왼쪽 다리를 질질 끌며 문을 향해 뛰었다.

머리가 터졌던 인간형 로봇이 문 앞에서 천천히 다시 일어났다. 머리 윗부분은 여전히 터져 있었다. 대체 무슨 재료를 사용해서 어떻게 만들면 이런 괴물이 탄생할 수 있는지 나는 아주 잠 깐 멈춰 서서 아주 강렬한 의문에 빠졌다. 인간 형 로봇은 부서진 얼굴에 피와 뼛조각이 흩어진 채 폭발한 안구의 초점을 맞추지 못하고 재생 이 완료되지 않은 머리를 계속 불안하게 흔들었 다. 나는 머리 터진 로봇의 옆으로 돌아서 휘어 진 문으로 빠져나가려 했다. 그러나 내가 가까이 가자 머리 터진 로봇이 팔을 휘두르기 시작했다. 나는 뒤를 돌아보았다. 내가 안와를 골절시킨 로 봇이 오른손으로 파열된 안구를 감싼 채 천천히 일어서고 있었다. 나는 갇혔다.

복도에서 익숙한 냄새가 몰려왔다. 피에 굶주 린 냄새. 분노와 고통의 냄새.

휘어지고 부서진 통제실 문으로 흡혈인들이 달려왔다. 흡혈인들은 머리가 터진 인간형 로봇 에게 덤벼들어 물어뜯기 시작했다.

로봇의 인공 피는 먹을 수 없다. 엄청나게 역 겨울 것이 분명한데도 흡혈인들은 인간형 로봇 을 놓아주지 않았다. 굶주림을 채우기 위해서가 아니라 악에 받쳐서 공격하는 것이었다. 로봇과 흡혈인들이 한 덩어리가 되어 쓰러졌다. 나는 다가갔다. 로봇에게 붙잡히지 않으면서 흡혈인들을 떼어놓으려고 애썼다.

"나가야 돼요."

내가 흡혈인의 팔을 잡아당기면서 소리쳤다.

"여기서 나가야 돼요!"

흡혈인들이 고개를 들고 나를 쳐다보았다. 내가 누구인지—무엇인지— 어떤 의도를 가지고 있는지 말로 설명하지 않아도 그들은 내 냄새를 맡고 한순간에 이해했다. 굶주린 동료들이 몸을 일으켰다. 그리고 빌리가 달려나간 방향으로 몸을 돌려 뛰기 시작했다. 뒤에 남은 동료들이 잘 움직이지 못하고 비틀거리는 흡혈인들을 부축해서 일으켜 세웠다. 나도 도왔다. 통제실을 떠나기 전에 나는 수류탄을 하나 더 꺼내어 안전핀을 빼 내가 물어뜯은 로봇을 향해 던져 넣었다. 그러고 나서 동료들을 붙잡고 뛰었다.

나는 이 건물의 구조도, 지하도로 나가는 길도 알지 못했다. 맨 앞에서 달리는 흡혈인 동료가 길을 알고 있었다. 이름도 정체도 모르지만 몹시 굶주리고 몹시 절박한, 오래 갇혀 있었던 동료의 지친 냄새를 따라 우리 모두 달렸다.

달리는 우리의 뒤에서 복도가 차례로 밝아졌다. 나는 목덜미가 뜨거워지는 것을 느꼈다. 조명이 켜진 게 아니었다. 벽이 투명해진 것이었다. 한낮의 햇빛이 무자비하게 비추고 있었다.

"이쪽으로!"

앞에서 달리던 동료가 외쳤다. 우리는 일제히 방향을 틀었다. 동료가 콘크리트 계단으로 내려가는 철문을 열었다. 모두 일제히 빛이 비치지 않는 계단으로 뛰어들었다. 내가 마지막으로 문을 닫았다. 왼손과 왼팔 팔뚝까지 타서 연기가 나고 있었다. 나는 오른손으로 왼팔을 붙잡은 채 불안한 의족을 대충 끼운 왼쪽 다리를 절며 계단을 뛰어 내려갔다. 가장 앞에서 달리던 동료가 지하도로 이어지는 문을 열었다. 지하도 입구에서 빌리가 인간형 로봇들에게 붙잡혀 몸부림치고 있었다.

우리가 달려 나오자 로봇들이 일제히 우리를

돌아보았다. 인간형 로봇 넷이 각각 빌리의 왼 다리, 오른 다리, 왼팔, 그리고 목을 붙잡고 있었다. 빌리의 오른팔은 뜯겨 땅에 뒹굴고 있었다.

"던져!"

빌리가 나를 보고 외쳤다.

"지금!"

나는 빌리를 향해 수류탄을 던질 수 없었다. 대답 대신 나는 빌리의 목을 붙잡은 로봇을 향해 달려갔다.

내가 덤벼들기 전, 인간형 로봇이 빌리의 목을 잡아 뜯었다. 빌리의 머리가 뽑혀 나왔다. 뜯어진 목에서 냄새가 전혀 없는 피가 쏟아졌다. 나는 멈춰 서서 굳어졌다. 빌리의 머리를 손에 든 인간형 로봇이 나를 향해 천천히 걸어왔다.

나는 뒷걸음질 쳤다. 윌버가 준 방수코트의 찢어진 옷자락 안, 바람막이 재킷 안쪽으로 손을 넣었다. 수류탄은 두 개 남았다. 나는 건물에서 지하도로 나오는 통로에 멈추어 선 동료들을 얼른 돌아보았다. 그리고 수류탄 하나를 꺼내어 안전핀을 뽑아 나를 향해 다가오는 인간형 로봇

뒤로 던지고 몸을 돌려 힘껏 웅크렸다.

폭발 무기가 인간형 로봇들을 완전히 죽일 수 없다는 사실은 이미 알고 있었다. 나에게 필요한 것은 아주 짧은 순간의 교란이었다.

통제실에서 유산탄으로 너덜너덜해졌던 등에 다시 유산탄이 날아와 박혔다. 등과 어깨와 허벅다리 아래쪽에 다시 한번 불에 타는 듯한 고통이 덮쳐왔다. 지금은 낮이고 주변에 피를 공급해 줄 만한 인간도 없다. 이대로 얼마나 버틸 수 있을지 나는 자신이 없었다.

그러나 나가야 했다. 로봇들의 손에 잡혀 목을 뜯기고 싶지 않았다.

통제실에서 그랬듯이 로봇들은 폭발의 충격과 유산탄의 파괴력에 잠시 방향을 잃었다. 나는 동료들을 향해 외쳤다.

"뛰어요!"

그리고 우리는 다시 달리기 시작했다. 비틀거리며 우리 앞을 막아서려는 인간형 로봇들을 밀쳐내고 우리는 뛰었다. 뛰다가 나는 돌아섰다. 인간형 로봇들이 휘청거리며 우리를 쫓아오려 움직이고 있었다. 마지막 남은 수류탄 한 개를 꺼내 인간형 로봇들을 향해 던졌다. 그리고 이제는 다시 돌아서지 않고 그대로 온 힘을 다해 달렸다.

지하도가 끝나는 곳에서 우리는 멈추어 섰다. 지하도 밖은 낮의 세계였다. 열린 공간 위에 햇빛이 내리꽂히고 있었다. 윌버가 준 방수코트는 이제 소용이 없었다. 유산탄에 찢어져 방수코트 등판 전체가 누더기로 변해 있었다. 다른 흡혈인 동료들도 햇빛 아래 나갈 준비는 전혀 되어 있지 않았다.

"도대체 저것들은 뭡니까?"

흡혈인 동료 한 명이 속삭였다.

"저것도 로봇이에요?"

그래서 나는 설명했다. 죽여도 죽지 않는 불사의 인간형 로봇과 마리카의 수류탄과 흡혈인을 말살하기 위한 기계들의 인공태양 계획을 최대한 빠르고 간단하게 이야기했다.

빌리의 이름은 말하지 않았다. 말할 수 없었

다. 나는 빌리의 뜯어진 목에서 쏟아지던 피를 생각했다. 냄새가 전혀 없는 인조인간의 피였다. 빌리는 죽었다. 빌리는 우리를 위해 자신의 죽음을 선택했다. 꼭 그래야만 했는지 나는 알 수 없었다. 우리는 인조인간 제작소를 파괴하기는커녕 인간형 로봇들도 완전히 처치하지 못했다. 기계들의 계획은 하나도 저지하지 못했다. 우리는 지하도 끝에 몰렸다. 밖에는 태양이 내리쬔다. 우리는 갇혔다.

"그럼 돌아가야 합니까?"

다른 흡혈인이 말했다.

"저 로봇들부터 없애야 하지 않아요?"

"어떻게 없애? 난 지금 일어설 기운도 없어."

누군가 힘없는 목소리로 반대했다.

"낮은 너무 위험해요."

내가 갑자기 투명해지던 건물 벽을 생각하며 말했다. 왼팔이 아팠다. 온몸이 다 아팠지만 특히 유산탄에 찢어지고 햇볕에 탄 왼팔은 좀처럼 빨리 회복되지 않았다.

가장 앞장서서 이끌던 흡혈인 동료가 한 손을

들었다.

"가만."

그 순간 나도 느꼈다. 우리는 동시에 말을 멈추었다.

"기계의 순리를 믿으라……."

인간의 목소리, 피와 살의 냄새. 그리고 기계의 진동과 석유 냄새, 무겁고 위험한 금속의 냄새가 다가오고 있었다.

"먹이다."

누군가 속삭였다.

"잠깐만."

다른 흡혈인이 말했다.

냄새 없는 소리도 반대 방향에서 다가오고 있었다. 일정하고 규칙적인 발소리에는 다른 어떤 기색도 흔적도 없었다.

"빌어먹을 깡통들이 죽지도 않아……."

기운 없는 목소리가 투덜거렸다.

나는 눈을 감고 깊이 숨을 들이켰다. 다가오는 피의 냄새에 정신을 집중했다.

가능성이 없는 것은 아니다. 먼저 배불리 먹고

몸을 회복할 수 있다면 그 뒤에는 불사의 로봇들과 어떻게든 싸울 수 있을지도 모른다.

동료들이 지하도 입구로 다가왔다. 햇빛에 닿지 않게 조심하면서 최대한 고개를 내밀어 소리가 나는 쪽, 살과 피와 생명의 냄새가 다가오는 쪽으로 모든 감각을 집중했다.

나는 옆에 선 동료 흡혈인들을 바라보았다. 우리는 기계에 맞서는 인간이 보유한 최선의 무기이고 최후의 방어선이다.

나는 혼자가 아니다.

"기계의 합리에 따르라……."

부자연스럽고 거슬리는 목소리가 지긋지긋한 주문을 읊는다. 나는 눈을 천천히 감았다 떴다. 빌리의 목에서 쏟아지던 피와 뜯긴 머리가 다시 눈앞에 떠올랐다. 나는 그 마지막 모습을 떨쳐내려 애썼다. 빌리를 처음 만났을 때 수영장에서 빌리가 외쳤던 목소리를 떠올렸다.

"나, 사람이에요. 로봇 아니에요."

기계로 태어나 인간으로 죽은 존재가 있었다. 내가 사라지면 그의 마지막 순간을, 그의 마지막 선택을 아무도 기억하지 못할 것이다.

"약육강식의 순리에 따르라……."

노예의 순리는 필요 없다. 나도 나의 죽음을, 내 죽음의 의미를 스스로 선택할 것이다. 햇빛 아래 재가 되어 사라지거나, 끝없는 밤하늘 아래 목이 잘리거나.

어느 쪽이든, 오늘은 아니다.

나는 몸을 웅크린다. 동료들과 함께 지하도의 어둠 속에 몸을 숨긴다.

사냥할 시간이다.

무엇으로 파멸할 것인가에 대한

천선란

정보라 작가의 신작 리뷰 청탁이 들어왔을 때, '하고 싶다'는 마음과 '정말 하고 싶어서 하고 싶지 않다'는 마음이 동시에 일었다. 막상막하하였다. 내가 그의 글을 정말 사랑한다는 것이 문제의 원인이었는데, 너무 잘 쓰고 싶다는 과한 욕심이 한 글자도 쓰지 못하게 하는 상황을 초래할까 싶어서였고, 예정대로 걱정은 현실이 되었다. 그의 글은 역시나 나를 흥분시켰는데, 첫 번째로 이 이야기가 '기계의 반란으로 인간이 몰살당하는 아포칼립스'를 그렸다는 것과 두 번째로 '그중 어떤 로봇은 자신을 인간이라 믿고 있다'

는 설정이었으며, 마지막으로 화자가 '흡혈인'이라는 점이었다. 그때 깨달았다. "담당자는 나에게 리뷰를 의뢰할 수밖에 없었겠구나!"

리뷰 청탁을 승낙하고 그의 글을 읽었다. 동료 작가에게 그의 신작 리뷰를 어떻게 써야 할지 고민 중이라 말했더니 어떤 내용이냐 물었다.

"어, 그러니까…… 기후위기의 대책으로 인공태양을 만들려다가 그걸 제어할 기계를 만드는데, 그 기계가 반란을 일으켜서 인간을 죽여. 근데 흡혈인이……."

"흡혈인?"

"응. 흡혈인이 자신을 인간이라 믿는 인조인간을 만나."

상대방은 아리송한 표정을 짓는다. 그럼 나는 속이 답답해진다. 왜냐하면 그의 글이 정말 딱 이런 이야기이기 때문이다. 그때 리뷰의 결을 잡았다. 이 이야기가 나를 흥분시키는 지점을 정확하게 이야기하기 위한 리뷰를 써보고자 한다.

이 소설을 이루는 키워드를 뽑아보자면 '기계의 반란' '아포칼립스' '인조인간' '흡혈인' 정도가 될 것이다. 그리고 이 바탕에 기후위기가 있다. 인간은 인간이 너무 많아 모든 균형이 사라진 이 지구를 되돌리기 위해 친환경적인 무한 에너지 원료를 찾으려 애쓴다. 그리고 끝내 '두 개 이상의 국가가 거의 동시에 대규모 인공태양 건설 계획을 발표'(18쪽)했는데, 아주 우습게도 이 계획을 수소폭탄 건설로 오해한 나라들이 대책을 마련한다고 안전장치인 기계를 만든다. 이 배경에는 두 가지의 해학이 있다. 하나는 정확한 원인을 알고도 눈을 가린 채 기술에 의존하는 안일한 태도와 기후위기라는 거대한 문제 앞에 인류가 하나가 됨을 외치면서도 기어코 의도를 왜곡시켜 안전장치라는, 더 크나큰 재앙을 초래했다는 것이다.

이렇게 근본적인 원인을 알고도 정면으로 마주하지 않고 외면한 결과는 인간이 그토록 좋아하는 "적자생존, 약육강식, 자연의 순리에 따르라"(15쪽)는 파멸에 종착한다. 여기에서 말하는 근본적 원인은 인간의 수가 절대적으로 많다는 것이다. 인간은 다른 생명종과 다르게 똑똑하고 강하기 때문에 지구를 지배했다. 인간을 대적할

천적이 없기에 그 수가 기하급수적으로 늘었다. 그렇게 끊임없이, 한정된 공간에 인간의 수가 늘어나기만 한다면 어떻게 되겠는가. 바다코끼리는 북극해 유빙에서 서식하는 개체로, 그들과 인간의 공통점이라 하면 살아갈 지반이 점점 좁아지고 있다는 점이다. 바다코끼리의 서식을 위한 면적을 줄어들게 만드는 원인이 인간이고, 인간도 인간에 의해 살아갈 면적이 점점 줄어들고 있으니 결과적으로는 같은 것 아니겠는가. 유빙이 사라지면 바다코끼리는 어떻게 되는가. 해가 뜨는 시간 동안은 유빙에 누워 쉬어야 하므로, 그것이 그들이 존재 이후 줄곧 해오던 방식이었으므로 그들은 켜켜이 쌓인다. 서로 몸을 포개 뒤엉킨다. 바다코끼리의 성체는 대략 1.7톤이다. 바다코끼리는 그 무게로 자신의 동료를 압사시킨다. 층의 가장 아래에 깔린 바다코끼리는 그렇게 압사되어 죽는다. 그 사실을 맨 위층에 있는 바다코끼리가 아는지는 알 수 없다. 이유가 뭐가 됐든 가장 아래 있는 바다코끼리는 죽는다는 것이다.

하지만 인간은 다르다. 인간은 층의 가장 아래

에 있는 자가 죽는다는 걸 알고 있다. 하지만 알면서도 내버려둔다. 그것이 적자생존, 약육강식의 법칙이기 때문이다. '그것은 사실이었다. 인간은 언제나 같은 인간을 죽이는 일에 무척 능숙했다. 다른 어떤 동물도 인간만큼 인간을 잘 죽이지 못했다.'(17쪽) 하지만 이런 인간에게 기계가 나타났다. 인간이 인간을 믿지 못해 만들어진 이 기계는 가장 '편견이 없고 공정한'(20쪽) 존재이다. 그리고 이 공정한 존재는, 가장 합리적인 결정을 내린다. 지구의 다양한 생물종을 지키기 위해서는 인류 문명이 종말을 맞아야 한다는 결론이다. 인간은 기계가 판단하고 결정한 적자생존에 의해 서서히 종말을 맞는다. 이는 언뜻 여태까지 기계의 반란이 보여준 하나의 궤처럼 보이지만, 화자의 말 한마디가 이 소설을 전혀 다른 궤에 옮겨 놓는다.

'지구상 다른 모든 생물종을 위한 최선의 안전장치는 인류 문명의 종말'이라는 해답을 보고 화자는 '아주 잘못된 논리는 아니라고, 나는 가끔 생각'(21쪽)한다. 화자의 냉혹한 시선은 그가 인간이 아닌 '흡혈인'이라는 점에서 이해할 수 있음과 동시에 인간이었던 적이 있다는 점에서 화자의 발언은 당사자성도 지니고 있다.

적자생존으로 기계에 지배당한 이곳에는 세 분류의 '인간 대체'가 살고 있다. 흡혈인과 기계의 노예, 그리고 인조인간이다. 흡혈인은 인간이 있을 때도 존재했다. 흡혈인에게 물리면 죽거나 흡혈인이 되는 경우인데, 화자는 죽기 직전에 흡혈인에게 물려 흡혈인이 되었다. 기계의 노예는 기계의 사상을 따르는 신봉자들이다. 그들은 이 약육강식이 자연의 순리라 외치며 기계 숭배를 부르짖는다. 그들에게는 자유의지나 자아가 없다. 인간을 인간답게 하는 가장 중요한 의지가 결여된 것이다. 그리고 자신을 인간이라 믿는 인조인간 '빌리'가 있다.

인간으로 태어나 흡혈인이 된 존재가 기계로 태어나 인간이라 말하는 빌리를 만난다. 이 두 인물의 대치가 참 흥미롭지 않은가. 자신의 의지와 상관없이 흡혈인이 되어 인간의 일에는 한 발 물러난 채 관망하는 흡혈인과 흡혈인을 죽이기 위해 만들어졌지만 자신을 인간이라 믿으며 그를 도우려는 인조인간은, 자연의 순리를 거슬러 처음과 끝이, 탄생과 죽음이 비틀어진 것이다.

흡혈인인 '나'는 자신이 인간이라 주장하는 빌리의 말이 단번에 거짓임을 안다. 빌리에게서는 '인간의 냄새'가 나지 않는다. 인간의 피가 없다. 이는 생물학적인 절대적인 진리다. 빌리는 인간이 아니다. 하지만 자신을 죽이려 하고 해부하려는 흡혈인들에게 공포를 느끼며 자신은 인간이라 주장한다. 생존자에 대한 연민과 인간으로서 지키고자 하는 도덕적 신념도 지니고 있다. 그리고 그 끝에, 빌리는 사람으로 죽는다. '기계로 태어나 인간으로 죽은 존재가 있다.'(124쪽) 빌리의 사람 됨은 피가 생기거나 인간 냄새가 나는 것이 아니다. 흡혈인인 '나'의 인정이 빌리를 사람으로 만들었다. 그리고 나는 그런 빌리를 떠올리며 사냥에 나선다. 한때 인간이었고, 죽을 수 없음을 괴로워하지만 그럼에도 동료들과 몸을 웅크리며, 햇빛을 피해 밤을 거닐며 살아 있는 인간의 피를 마시기 위해 움직인다. 그로써 '나'

는 완벽하게 인간으로 태어났으나 흡혈인이 된다. 그것이 '나'의 선택이다.

무엇이 될 것인가를 선택하는 것이 어떻게 죽을 것인지를 선택하는 것과 같을까. 절망의 시대다. 파멸과 절망만이 남은 시대에서 인간을 죽이는 것에 능숙한 인간은 서로 몸을 부대끼며 가장 아래에서부터 천천히 누군가를 죽여가는 시대다. 가장 아래에서 죽음을 선택할 수 없는 존재들이 있다. 죽음을 선택할 수 있는 것. 어떤 최악의 경우이더라도 모든 생명이 의지대로 죽을 권리가 있는 것. 약육강식의 절대적 법칙이 깔린 세계에서, 기어코 자신이기를 선택해 밤을 걷는 존재들이 있다. 그리고 그 반대편에 적자생존을 외치며 쉽게 기계를 따르는, 우스운 인간들이 있다.

그 우스움은 무엇으로 파멸할 것인가, 어떻게 죽을 것인가에 대한 질문에서 우리를 꽤 신념 있는 '인간'이 되고 싶게끔 한다. 세뇌당하지 않아 흡혈인이 되거나 살해당하더라도.

작가의 말

'다락방의 미친 여자The Madwoman in the At-
tic'는 1979년 산드라 길버트Sandra Gilbert와 수
전 구버Susan Gubar가 발표한 페미니스트 문학
이론서의 제목이다. 샬롯 브론테의 작품 『제인
에어』에서 남주인공 로체스터는 정신질환자인
아내 버타 메이슨 로체스터를 다락방에 숨겨두
고 독신남처럼 행세하며 제인 에어에게 구혼하
여 결혼식까지 올리려 한다. 그런데 버타의 오빠
리처드가 변호사를 데리고 나타나 로체스터가
이미 결혼했다는 사실을 밝힌다. 이 때문에 제인
에어는 로체스터를 떠나게 된다. 길버트와 구버

는 『다락방의 미친 여자』에서 여성 작가의 작품 속에 묘사된 '미친 여자'는 어떤 면에서는 작가 자신의 불안과 분노를 표상하며, 이러한 분노와 광기는 작가와 등장인물뿐 아니라 독자도 느낄 수 있도록 묘사된다고 설명한다.

나는 '화장실의 미친 여자' 이야기를 구상하다 가 여러 단계를 건너뛰어 『밤이 오면 우리는』으 로 발전시켰다. 한국에서 여성 화장실은 불법촬 영을 포함한 온갖 성범죄부터 시작해서 살인사 건까지 일어나는 현장이다. 십 대 시절 나는 학 원 화장실 칸막이 아래에서 사람의 팔이 불쑥 뻗어 나와 내가 있던 화장실 칸 안쪽 바닥을 휘 젓는 일을 경험한 적이 있다. 덜컥거리는 화장실 문 바깥에서는 남자의 웃음소리와 욕설이 들렸 다. 나는 미성년자였고 화장실 문밖에 남자가 몇 명이나 있는지, 무슨 짓을 하려고 기다리고 있는 지 알 수 없어서 문을 꼭 붙잡고 숨죽이고 기다 렸다. 세월이 흘러서 수십 년 전에는 똥오줌 누 는 사람의 성기를 만지려고 화장실 바닥에 엎드 려 더러운 변기를 향해 팔을 뻗던 성범죄자들이 지금은 온라인에서도 더러운 팔을 여기저기 뻗고 있다. 온·오프라인 통틀어 세상 전체가 성범죄자들의 화장실이 된 것 같은 느낌도 든다. 그러니까 '화장실의 미친 여자'에는 나의 불안과 분노가 많이 투영되어 있다.

그리고 또 나는 사회적 참사나 부당한 죽음이 모두 신의 뜻이라고 외치는 사람들을 기억한다. 참사 피해자와 그 유가족이나 부당해고를 당한 노동자, 생존을 위해 싸우는 성소수자를 모욕하고 공격해야만 북한이 전쟁을 일으키지 않는다는 뜻 모를 주장을 열정적으로 펼치는 사람들이 무서울 정도로 많다. 나는 그 사람들이 대체 어떤 과정을 거쳐서 저런 기괴한 신념을 가지게 되었는지 볼 때마다 놀라곤 한다.

그리고 기후위기가 갈수록 심각해지는 가운데, 소설을 쓰려고 자료 조사를 하다가 실제로 이웃 국가에서 인공태양을 만드는 실험이 성공했다는 논문을 읽고 나는 더욱 놀랐다. 지구가 펄펄 끓는 와중에 인공태양까지 만들어서 대체 어쩌겠다는 것인가? 내가 과학을 잘 몰라서 이해하지 못하고 그저 무서워하는 것인지도 모른다. 그러나 국가 주도로 그런 실험을 하는 이유를 이해할 수 없다. 그냥 수소폭탄을 갖고 싶다고 솔직하게 말하면 국제사회에서 욕먹기 때문일까?

그런 모든 분노와 두려움과 혼란이 모여서 『밤이 오면 우리는』이 만들어졌다. 혼란한 세상을 향해 이를 드러내고 싶을 때, 악하고 비겁한 사람의 목을 물어뜯고 싶을 때, 독자님들께 대리만족이라도 드릴 수 있다면 성공이라고 생각한다.

밤에 오면 우리는

지은이 정보라
펴낸이 김영정

초판 1쇄 펴낸날 2023년 9월 25일
초판 2쇄 펴낸날 2024년 5월 16일

펴낸곳 (주)현대문학
등록번호 제1-452호
주소 06532 서울시 서초구 신반포로 321(잠원동, 미래엔)
전화 02-2017-0280
팩스 02-516-5433
홈페이지 www.hdmh.co.kr

ⓒ 2023, 정보라

ISBN 979-11-6790-221-4 04810
         979-11-6790-220-7 (세트)

* 책값은 뒤표지에 있습니다.